LE
PRESBYTÈRE
FORCÉ

OU

LA PRISE DU PETIT ANVERS

Poème en huit Chants

ET AUTRES ŒUVRES DIVERSES

DE J.-B. DUMAS

AVEC LA VIE DE L'AUTEUR ET QUELQUES NOTES

Par M. l'abbé FÉNELON

ANGOULÊME

NOUVELLE IMPRIMERIE DE LA CHARENTE QUÉLIN FRÈRES

RUE DU MINAGE, 20

1866

LE PRESBYTÈRE FORCÉ

OU LA PRISE DU PETIT ANVERS

LE
PRESBYTÈRE
FORCÉ

OU

LA PRISE DU PETIT ANVERS

Poème en huit Chants

ET AUTRES ŒUVRES DIVERSES

DE J.-B. DUMAS

AVEC LA VIE DE L'AUTEUR ET QUELQUES NOTES

Par M. l'abbé FÉNELON

———✥———

ANGOULÊME

NOUVELLE IMPRIMERIE DE LA CHARENTE QUÉLIN FRÈRES

RUE DU MINAGE, 20

——

1866

VIE DE J.-B. DUMAS

Jᴇᴀɴ-Bᴀᴘᴛɪsᴛᴇ DUMAS naquit, le 13 décembre 1773, au village de Montplaisant, dans le diocèse de Sarlat. Son père, un des riches papetiers de l'époque, avait su mériter l'estime et la confiance de ses concitoyens par ses aimables qualités de cœur et par les talents dont la nature l'avait doué. Aussi eut-il l'honneur de se voir placé à la tête de sa commune qu'il administra pendant trente ans avec force et équité. La Révolution même, qui démolissait tout, le laissa dans ses fonctions, et il ne s'en servit alors que pour protéger en secret quelques nobles débris de ces glorieux martyrs de la foi de nos pères et du culte de famille, sur la tête desquels se promenait sans cesse la hache des bourreaux.

Connaissant tout le prix d'une solide instruction, de bonne heure il plaça son fils dans une petite institution de Belvès pour y faire ses premières études. Du reste il avait cru reconnaître en cet enfant des moyens peu ordinaires.

Le jeune Dumas ne démentit pas la bonne opinion que son père avait formée de lui. Son application et ses succès le firent bientôt distinguer au milieu de condisciples plus âgés, dont il sut pourtant toujours conserver l'amitié par sa modestie et le soin qu'il prenait de ne jamais blesser leur amour-propre par quelque parole vaine ou moqueuse. Et cette humilité de son bas-âge, il la conserva pendant tout le temps de sa vie, comme peuvent le témoigner encore ceux qui l'ont connu, et qui, le connaissant, l'ont aimé.

A l'âge de dix ou onze ans, il fut retiré de l'école de Belvès pour être placé au collége de Sarlat. Là aussi, ses succès furent grands et rapides, et dans les différentes classes qu'il parcourut, il ne tarda pas à surpasser tous les autres élèves. Mais au moment où il allait avoir terminé ses études, une bien grande douleur vint affliger son âme, et mettre en même temps obstacle tout d'abord à la continuation de ses classes. Sa mère mourut; il n'avait alors que quatorze ans, et son père eut le malheur de se remarier avec une femme dont le caractère était entièrement l'opposé du caractère de la première.

Possédant toutes les qualités qui font la bonne épouse, la bonne femme de ménage, la mère du jeune Dumas avait su concilier les principes de l'économie dans sa maison avec ceux de la charité chrétienne. Aussi l'ordre le plus parfait régnait-il chez elle, et tous ceux qui imploraient son secours se

retiraient-ils ravis de son bon accueil et de sa bienfaisance.

La seconde femme était bien loin de lui ressembler.
Prodigue à l'excès, elle ne rêvait que dépenses et
plaisirs. Le soin de la maison ne lui importait en rien.
Le désordre, qui dès lors y régna, vint faire pres-
sentir la ruine prochaine de cette fortune que le
travail avait amassée, que le bon ordre avait su conserver. Dès le premier jour de son entrée dans la
famille Dumas, cette femme voulut se montrer telle
qu'elle devait toujours être, indigne et cruelle marâtre. Elle s'opposa formellement à ce que son mari
remît son fils en pension, et le mari trop complaisant
céda aux volontés de celle qu'il avait prise pour
maîtresse, quand il croyait ne trouver en elle qu'une
compagne. A quoi donc allaient servir les succès et
les talents de notre jeune homme? A quoi? A tra-
vailler comme simple ouvrier dans la papeterie; c'est
ainsi que l'ordonnait sa tante.

Cependant ses oncles s'émurent d'une telle conduite.
Ils reprochèrent au père Dumas sa faiblesse, et l'en-
gagèrent vivement à faire continuer ses études à un
enfant qui donnait de si belles espérances. Ce fut
en vain, le père refusa. Ce n'est pas qu'il ne sentit
la justesse des raisons qu'on lui apportait pour le décider; mais entièrement dominé par sa femme, il
manquait de cette énergie qui lui eût été nécessaire
pour résister à une si odieuse tyrannie, et pour agir
selon que le lui dictait son propre cœur.

Les oncles du jeune Dumas, voyant que leurs
remontrances n'aboutissaient à rien, résolurent de lui

faire continuer son éducation à leurs frais, ce à quoi la tante eut le bon esprit de ne pas mettre trop d'opposition ; il fut donc remis au collége de Sarlat. Mais il n'avait plus qu'un an à y passer, et, au bout de ce temps, il lui fallut revenir à la maison paternelle où l'attendait encore le travail de la papeterie. Et pourtant son goût n'était pas là. Il se sentait appelé, et la douceur de son caractère le portait vers l'état ecclésiastique. Mais fallait-il y songer avec une marâtre telle qu'il l'avait, et un père si faible. Ils refusèrent même leur consentement lorsque les oncles du jeune homme voulurent faire à cet effet ce qu'ils avaient déjà fait pour lui donner le moyen de continuer ses classes. Force donc lui fut de rester ouvrier papetier.

Dois-je maintenant rapporter ce qu'il eût alors à soufrir de la part de sa tante ? Dois-je dire qu'à peine elle lui donnait à manger, et choisissait pour lui ce qu'il y avait de plus mauvais ? Dois-je la montrer frappant un jour jusqu'à la mort un de ses propres enfants, que le jeune Dumas avait tenu sur les fonts de baptême, parce que ce pauvre petit ange, à peine âgé de quinze mois, avait montré à son parrain où était cachée la soupe ?

Mais ce n'était pas assez pour cette indigne femme. C'était à la vie même de son neveu qu'elle en aurait voulu. Une nuit, pendant qu'il goûtait les faveurs d'un sommeil doux et tranquille, comme le donne une conscience pure, sa marâtre, folle de haine, prend un couteau, pénètre dans la chambre du jeune homme, et plonge à plusieurs fois dans son lit le fer

homicide. Heureusement que, réveillé par les cris
de ses sœurs qui avaient tout vu et qui avaient
compris les meurtrières intentions de cette furie, il
avait eu le temps de se lever et de se cacher sous
le lit.

Mais que faisait donc le père pendant toutes ces
horreurs de sa méchante femme? Hélas! il fermait
les yeux sur tout, il n'osait rien dire. Le fils, par
respect pour son père, gardait aussi le silence. Son
cœur pourtant se gonflait, le sang bouillonnait dans
ses veines, et il était aisé de voir que la colère, trop
longtemps concentrée en son âme, ne tarderait pas à
se montrer au dehors. Il ne fallait qu'une circonstance, et bientôt elle se présenta.

Un jour, pendant une absence du père Dumas, sa
femme, pour mortifier le fils, va chercher le dernier
ouvrier de la papeterie, et lui donne à table la place
du maître. Le jeune Dumas crut voir en cela non-
seulement un affront fait à lui-même, mais plus encore
à son père. Il défend à l'ouvrier d'accepter cette
place. Elle de son côté insiste, et porte l'injure jusqu'à
frapper son neveu. C'en était trop ; celui-ci, bouillant
de colère, la saisit et la menace de la précipiter dans
un puits. Sur ces entrefaites, le père revient de sa
tournée, il intime à son fils, qui obéit, l'ordre de re-
lâcher sa tante. Mais, n'était-ce pas assez souffrir?
Pouvait-il désormais habiter avec une femme pareille?
Il demanda donc à son père et obtint l'autorisation de
quitter une maison dans laquelle il ne serait jamais
que malheureux. Il se dirigea sur Sarlat où il espérait
trouver quelque position qui lui donnât à vivre. En

...

effet, le principal du collége, qui connaissait ses capa-
cités, le prit pour remplacer le professeur de cinquième,
en ce moment dangereusement malade. Malgré son
jeune âge, il n'avait alors que seize ans, il s'acquitta
de cette tâche avec le plus grand succès. Cependant
sa vocation le portait toujours vers l'état ecclésiastique. Lors donc que le maître dont il tenait la place
se vit capable de reprendre ses fonctions, lui-même
entra au grand séminaire, où bientôt sa piété et ses
talents le firent remarquer entre tous.

Mais tout à coup vint éclater sur notre France cette
grande catastrophe sociale, qu'on appelle la Révolution. D'effroyables calamités politiques et religieuses
allaient inonder le monde. Le règne sanglant de la
Terreur allait succéder au règne doux et paternel du
meilleur de nos rois.

Les ordres religieux et les vœux monastiques sont
supprimés par un décret de l'Assemblée constituante ;
un autre décret établit la constitution civile du clergé.
Les évêques et les autres ecclésiastiques reçoivent
l'ordre de prêter serment à cette constitution. L'histoire nous a révélé tout ce qu'alors il se passa. Sur
cent trente-cinq évêques français, quatre seulement
s'enrôlèrent sous les étendards du schisme, et la très
grande majorité du clergé séculier se montra fidèle
au jour de l'épreuve. De nouveaux évêques et de
nouveaux curés furent élus pour remplacer ceux qui
avaient refusé le serment. Les séminaires devinrent
déserts, et le jeune Dumas, obligé de quitter Sarlat,
alla exercer les humbles fonctions d'instituteur dans
la commune de Meyral.

Cependant l'évêque constitutionnel Pontard venait d'usurper le siége de Périgueux. Dès qu'il en eut pris possession, il se disposa à faire une ordination de jeunes prêtres, et Dumas, qui n'avait pas encore dix-neuf ans, se laissa persuader d'y prendre part. Il fut ordonné le 5 mars 1792. La cure cantonale de Beaumont lui fut offerte ; mais il refusa ce poste avantageux, aimant mieux puiser dans une cure de campagne l'expérience si nécessaire pour remplir dignement le ministère sacré.

Un an ne s'était pas écoulé. La tête du malheureux Louis XVI tombait, non sous le couteau du bourreau, mais sous celui des représentants de la France. Ce fut un véritable assassinat national. Ce crime n'était que le prélude de tout ce qui allait arriver. Marie-Antoinette partagea la mort de son royal époux. Madame Elisabeth eut le même sort. Le dauphin mourut en prison, victime des odieux traitements de l'infâme Simon. Les églises sont de toutes parts pillées. Bon nombre de prêtres et d'évêques de l'église constitutionnelle, pour échapper au carnage, résignent alors leurs fonctions, et se marient.

Dumas quitta la soutane et se retira à Couze, où il se livra à l'enseignement. Là, pendant la tourmente révolutionnaire, il exerça des fonctions civiles qui le mirent en mesure de rendre des services importants aux émigrés et à tous ceux que le fer du bourreau aurait pu atteindre. Une lettre de M. Parre, curé de Monsac, qui avait été déporté, nous apprend en effet que les ecclésiastiques, victimes de ces temps mauvais, et les nobles, forcés de se cacher ou de fuir

trouvaient chez M. Dumas asile et protection généreuse.

Cependant, convaincu d'après tout ce qu'on lui
disait, que son ordination avait été illégitime, le
citoyen Dumas se maria le 20 vendémiaire an VII
(11 octobre 1799), avec la citoyenne Catherine
Meynardie Lavaysse, fille d'un inspecteur des postes
sous Louis XVI, la République et le Consulat.

Enfin une ère nouvelle allait se lever pour la France.
Les premières victoires du général Bonaparte le rendaient maître des destinées de la nation, et Napoléon,
premier consul, signa, le 16 juillet 1801, le concordat
que ratifia le pape Pie VII, et qui rétablit dans notre
pays la religion catholique depuis trop longtemps si
cruellement insultée. Alors Dumas eut la pensée de
rentrer dans les ordres ; mais les instances de sa femme
le décidèrent à ne pas abandonner sa famille, et il
continua d'instruire la jeunesse. En 1807, nous le
trouvons à Bergerac où sans nul doute il se livrait
toujours à l'enseignement ; puis nous le voyons à
Liorac exercer les fonctions d'instituteur. Peu de
temps après nous le retrouvons de nouveau à Couze.

La guerre venait de s'allumer avec l'Espagne.
Dumas était bel homme, bon mathématicien ; aussi
l'armée aurait-elle voulu le posséder. Bien souvent
on lui en avait fait la proposition. Mais il était myope
et ne se sentait aucun goût pour le métier des armes.
Il se fit donc réformer par trois fois pour faiblesse de
vue. Cependant, se voyant plus que jamais tourmenté
au moment de la guerre d'Espagne, et sur la promesse
qu'on lui fit de lui donner aussitôt le grade de capi-

taine, il partit. On le mit en effet à la tête d'un bataillon de recrues. Mais, à peine arrivé à Perpignan,
le souvenir de ses enfants et de sa femme, son amour
de la paix et la conviction qu'il avait que cette guerre
n'était pas selon toute justice, lui firent abandonner
ses soldats qu'il laissa sous le commandement de son
lieutenant; et lui-même revint dans ses foyers auprès
de sa famille.

En 1840, il fût appelé par les vœux des habitants
à la tête de l'école communal d'Issigeac. Il y eut
bientôt conquis l'estime de la population par ses
talents, par les soins qu'il donnait aux élèves, et
par les succès qui couronnaient son travail. Nous en
avons une preuve dans une lettre que lui écrivait, le
8 décembre 1840, le jeune Marot, enfant de treize à
quatorze ans qui avait fait sa quatrième chez M. Dumas. Il annonçait à son ancien professeur que, placé
à Bordeaux chez M. Thibaud, maître de pension, il
fut successivement, dans l'espace de deux mois, et
au grand ébahissement de tous, envoyé en troisième,
seconde, rhétorique et philosophie.

Les sentiments religieux de Dumas étaient aussi
pour lors si bien établis que Mgr Lacombe, evêque
d'Angoulême et qui réunissait en même temps le
diocèse de Périgueux sous son bâton pastoral, lui
avait permis d'avoir chez lui des élèves portant la
soutane. Une lettre de Sa Grandeur en fait foi; et
nous y trouvons aussi qu'elle avait bien voulu bénir
elle-même le mariage de son cher diocésain, après

que le Pape eût décidé la question du mariage des prêtres de la Révolution. Voici du reste cette lettre toute pleine d'une pieuse affection.

« Angoulême, le dimanche XXI après la Pentecôte, et le 27 octobre, an 1811 de N.-S. J.-C.

« DOMINIQUE LACOMBE,

« Evêque d'Angoulême, membre de la Légion-d'Honneur, chevalier de l'Empire,

« *A M. J.-B. Dumas, instituteur et maître de pension, à Issigeac, arrondissement de Bergerac.*

« Monsieur et très cher diocésain,

« Nous répondons à la lettre que vous nous avez « adressée le 22 octobre 1811.

« Nous conservons précieusement le souvenir des « vers patois que vous nous envoyâtes, il y a long- « temps; nous vous en sommes tout reconnaissant, « comme du beau et bon papier que nous avons reçu « de vous.

« Celui de vos élèves qui nous est venu demander

« la tonsure cléricale l'a reçue ; il en rapporte la
« preuve et sur sa chevelure et sur un certificat qu'il
« a reçu de nous. MM. Duteil et Porte ne pourront
« avoir la pension gratuite accordée à ceux de nos
« diocésains qui aspirent à la prêtrise, qu'en se met-
« tant au plus tôt au séminaire provisoire de Sarlat. La
« même condition est imposée à M. votre frère Léo-
« nard Dumas, à qui nous fîmes profiter de l'ordination
« le 16 juin, troisième jour des Quatre-Temps de l'an
« 1810. Il faut donc que vous les fassiez aller sans
« délai à la demeure ecclésiastique où ils sont atten-
« dus. Aussitôt qu'ils y auront été reçus comme
« pensionnaires, le supérieur nous en donnera avis,
« et nous nous hâterons de réclamer le brevet de
« nomination qui nous a été promis par S. Exc. Mon-
« seigneur le Ministre des cultes, comte de l'empire.
« N'oubliez pas que ce que nous vous disons à leur sujet
« est rigoureusement *conditio sine quâ non.*

« Nous chercherons parmi nos papiers celui que
« vous venez de réclamer, et après l'avoir trouvé,
« nous tâcherons de vous l'adresser par main sûre et
« peu dispendieuse.

« Nous continuons de désirer que votre mariage
« béni par nous avec toute solennité dans l'église de la
« paroisse de Beaumont, soit pour vous, pour votre
« moitié et pour vos enfants, une source de bénédic-
« tions et selon la loi humaine et selon la loi divine.

« Lorsque vous nous présenterez pour notre sémi-
« naire quelques nourrissons formés à votre école,
« nous nous plairons à les distinguer et à les traiter
« aussi bien que possible.

« A tous les individus de votre ménage, et à tous
« les élèves qui vous sont confiés, ainsi qu'à vous, salut,
« union et bénédiction en N.-S. J.-C.

« † Dominique, évêque d'Angoulême. »

Dumas accomplissait donc consciencieusement à
Issigeac tous les devoirs qu'imposent les nobles fonctions d'instituteur. Le nombre de ses élèves allait
toujours croissant, et il eut été plus grand encore si
la ville eut pu fournir un établissement plus vaste.
Mais ses revenus étaient si minimes, qu'un moment
vint où elle ne put même payer le loyer de la maison
actuelle. Il se résolut donc à aller chercher ailleurs un
endroit plus favorisé. A cette nouvelle, les pères de
famille s'émurent, et pour ne pas laisser partir leur
instituteur qu'il eut été difficile de remplacer, ils se
cotisèrent pour payer la ferme de l'institution. Notre
maître de pension resta donc au milieu d'une population qui lui montrait un si réel et vif attachement.
Mais ce ne fut que pour quelques années. Il se trouvait à l'étroit pour les élèves qui arrivaient de toutes
parts, et il n'y avait pas dans la ville d'autre logement
convenable. Il lui fallut donc se décider à quitter ce
pays, et il alla s'établir à Montpazier où l'appelaient
du reste, depuis longtemps, les vœux de la municipa-
lité et de tous ceux qui avaient des enfants à élever.

Là, comme partout où il était passé, il se fit remarquer
par son savoir et par ses sentiments religieux. On le

consultait pour les discours et pour toutes les œuvres
d'esprit ; on les lui donnait à retoucher et à corriger.
Voici ce qu'écrivait un jour un sous-préfet de Bergerac au maire de Montpazier ; sa lettre est pleine de
modestie pour lui-même , et prouve la haute opinion
qu'il avait de M. Dumas :

« Mon cher monsieur,

« Vous trouverez sous ce pli mon discours ou plutôt
« mon verbiage au comice. Je laisse à M. Dumas le
« soin d'en retrancher ce qu'il jugera convenable.
« Ma gloire ne trouvera pas son compte à ce qu'il
« laisse beaucoup, et mon amour-propre serait sauvé
« s'il se bornait à dire que j'ai parlé. »

En 1836, J.-B. Dumas perd sa femme, et aussitôt,
avec les lettres de condoléances, arrivent de toutes
parts les vœux les plus ardents pour qu'il rentre
dans le sacerdoce. En effet, comme toujours, il s'était
senti appelé vers cet état qu'il n'avait quitté qu'avec
regret et forcé par les circonstances ; il ne fit aucune
difficulté de reprendre la soutane, et suivant l'avis de
Mgr Gousset, alors évêque de Périgueux, il entra au
grand séminaire de Sarlat pour s'y retremper dans le
véritable esprit ecclésiastique. Mais à peine y eut-il
passé quelques jours que, satisfait de son obéissance,
et ayant su apprécier par lui-même les précieuses

qualités de ce sujet dont tous les prêtres d'ailleurs parlaient avec le plus grand éloge, l'évêque lui permit de retourner à Montpazier et d'y faire les fonctions de diacre. Enfin, le 12 juillet de la même année 1836, il lui donna l'autorisation de célébrer la messe. Voici en quels termes il lui écrivit à cette occasion.

« Sarlat, le 12 juillet 1836.

« Monsieur l'abbé,

« Je suis satisfait de vos dispositions ; la docilité
« que vous avez montrée est pour moi une garantie
« sûre que vous êtes animé des sentiments qui
« doivent animer un prêtre , un ministre de Jésus-
« Christ.

« Seulement, pour l'édification des fidèles, vous
« lirez, si vous le jugez convenable, dimanche pro-
« chain, le 17 du courant , à la messe paroissiale , la
« déclaration suivante :

« Mes chers frères,

« Je viens, comme vous le savez, du séminaire de
« Sarlat, où j'ai eu le bonheur d'assister aux deux
« retraites pastorales que Mgr l'évêque a procurées

« à son clergé. Je viens de faire pénitence des fautes
« que j'ai eu à me reprocher dans un temps malheu-
« reux dont le souvenir me sera toujours bien amer.
« Je viens de reprendre l'esprit ecclésiastique, afin
« de me mettre en état de reprendre les fonctions
« sacerdotales. Peut-être serez-vous scandalisés de me
« voir remonter à l'autel ; mais je n'y monterai que
« sur les ordres de Mgr l'évêque, dont la volonté est
« pour moi comme la volonté de Dieu, qui a daigné
« me faire grâce dans sa miséricorde et m'admettre,
« malgré mon indignité, au nombre de ses ministres.
« Priez pour moi, je prierai pour vous, surtout pour
« ceux que j'ai eu le malheur de scandaliser. »

« Après avoir fait cette déclaration, vous pouvez
« célébrer la sainte messe à Montpazier et dans les
« autres paroisses de mon diocèse.
« Recevez, monsieur l'abbé, l'assurance de mon
« sincère attachement.

« † Thomas, év. de Périg.

Voilà donc Dumas réintégré dans les ordres. Et
maintenant, de même qu'il a été excellent instituteur,
de même il va remplir avec zèle et dévouement les
emplois qui lui seront confiés.

A peine a-t-on appris sa promotion au sacerdoce
que la commune de Couze demande comme curé celui
qui avait su si bien instruire et élever la jeunesse. La

pétition se trouve dans les papiers de Dumas. Elle est signée des autorités et de toutes les personnes influentes de la commune. Fut-elle expédiée à l'évêque, qui la remit au sujet intéressé, ou bien fut-elle envoyée d'abord à ce dernier pour qu'il en prît connaissance, c'est ce que je ne saurais dire. Ce qui est certain, c'est que Dumas n'alla pas à Couze qu'au reste il était bien loin d'ambitionner à cause de sa nombreuse parenté qui y habitait, et convaincu de la vérité de cette parole de Notre-Seigneur : « Nul n'est prophète dans son pays. »

Il fut placé comme vicaire à Mareuil-sur-Belle, où il demeura six mois ; au bout de quelque temps il fut nommé à la cure de Biras, dans le canton de Brantôme. Là, il se distingua par son zèle à paître les brebis confiées à ses soins. Bientôt ses talents, son amabilité, sa douceur, ses manières pleines de distinction, le firent rechercher par les meilleures familles des environs, qui se plaisaient à le posséder souvent au milieu d'elles.

Pendant qu'il desservait cette paroisse, une terrible épidémie, la suette, vint faire de cruels ravages dans le pays, et donna occasion au pasteur d'exercer tout son dévouement envers ses malheureuses ouailles. Valeuil et Bussac étaient alors sans prêtre ; le curé de Bourdeille était souffrant. Dumas, malgré son âge avancé, il avait alors près de soixante-dix ans, se multiplia pour donner des soins à ces différentes localités, sans oublier son propre troupeau. Nuit et jour il était sur pieds, allant partout où l'appelait son ministère ; et jamais, pendant trois semaines que dura le

fléau, il ne fit entendre une seule plainte de son surcroît de travail. Jamais non plus il n'en parla pour
s'attirer de louanges. Et pourtant, n'aurait-il pas pu,
comme tant d'autres, et mieux encore peut-être, employer les mille voix de la publicité pour dire les
fatigues sans nombre qu'il eut à essuyer, lui qui,
pendant toute la durée de l'épidémie, n'eut pas une
heure de bon sommeil ; car, à peine se trouvait-il
couché que vite il lui fallait se lever pour aller ad-
ministrer une nouvelle victime, et souvent dans les
villages les plus éloignés ? Mais non ; il le faisait pour
Dieu, et Dieu aussi le protégea pendant tout ce temps
en écartant de lui toute atteinte de la redoutable ma-
ladie.

Cependant la suette était à son terme, et Dumas
commençait enfin à respirer un peu. Mais alors il fut
pris de fluxions qui le faisaient parfois cruellement
souffrir; il crut que ces maux, qui devenaient presque
continuels, provenaient de l'extrême humidité de l'é-
glise, et il se décida à demander son changement, non
sans regret, car Biras lui plaisait et à cause de
l'affection que lui portaient tous les habitants, et à
cause de l'attachement que lui témoignèrent les paroisses des alentours. Mais sa santé exigeait son départ, et, sur sa demande, Mgr Georges Massonnais, le
digne successeur de Mgr Gousset sur le siége de Périgueux, et qui était plein d'une tendre vénération
pour ce bon vieillard et digne prêtre, le plaça à Mon-
séc, dans le canton de Mareuil. Là il sut aussi par
son caractère doux et humble se concilier les esprits
et les cœurs.

Cependant Dieu lui réservait une bien cruelle affliction qui devait le forcer à cesser en partie les travaux
du saint ministère, il devint aveugle ; il avait alors
soixante-seize ans. Malgré son infirmité qu'il supporta
avec la plus grande résignation, il ne voulut pas
abandonner entièrement le soin de son troupeau, à la
tête duquel il fut laissé par son évêque. Il continua
donc d'exercer les fonctions qui n'exigeaient pas
l'usage de la vue, laissant à un prêtre voisin le droit
de venir célébrer chaque dimanche la sainte messe,
et de remplir toutes les obligations que sa cécité lui
défendait à lui-même. Il resta pendant cinq ans dans
ce triste état, heureux encore dans son malheur d'a-
voir pour prendre soin de lui une bonne et bien-aimée
fille.

Il mourut le 3 décembre 1854, âgé de quatre-vingt-
un ans, ayant conservé jusqu'à la fin toutes ses facul-
tés. Il fut regretté de tous ceux qui l'avaient connu,
et qui avaient su l'apprécier. Et Mgr l'évêque de
Périgueux, en apprenant cette mort dont il fut
vivement affecté, s'écria qu'il venait de perdre son
meilleur latiniste.

Telle est la vie de cet homme, de cet apôtre qui
eut pu briller dans le monde s'il eut eu la moindre
ambition. Mais dans son amour de l'humilité il préférait
à tous les honneurs du siècle l'intimité d'un petit
cercle d'amis dont la société lui donnait une joie autrement douce que toutes les faveurs de la fortune.
Et s'il a jeté sur le papier les quelques poésies que je
mets au jour, c'était pour se distraire et se délasser,
et non pour faire admirer ses talents. Et encore n'ai-je

pas tout retrouvé. Il avait composé d'autres poésies, de petites pièces de théâtre, des discours, des sermons, tout cela est perdu. Ce que je sais, c'est que ces sermons ou instructions partaient du cœur et étaient empreints de la plus ardente charité.

Puisse ce qui nous reste de lui distraire et égayer le lecteur, et daigne l'auteur, qui est dans le sein de Dieu, me pardonner l'indiscrétion que je commets en donnant ses œuvres qu'il comptait sans doute ne devoir jamais être connues.

PRÉFACE DE L'AUTEUR

Au dix-neuvième siècle, l'an d'après la prise d'Anvers par le vaillant Gérard, et pendant que le souffle des révolutions agitait encore les trois quarts de l'Europe, eurent lieu les évènements rapportés dans ce poème, dont l'auteur n'avait certainement aucun mauvais vouloir contre son héros. Au contraire, il lui conseillait en ami et le pressait en chrétien de cesser toute résistance aux sages avis de ses supérieurs qui, dans une grave discussion avec les sœurs de l'hospice et l'autorité locale, lui avaient tracé la conduite à tenir, et l'avaient tant fait menacer d'un interdit, s'il tardait à se soumettre.

L'auteur n'en voulait pas non plus à sa gouvernante Javotte qui surpassait ou du moins égalait son maître en piété extraordinaire et en vertu d'économie d'un ordre exclusif. Il fait l'éloge mérité de deux religieuses à la tête de l'hospice, par leur portrait tout à fait ressemblant, disaient les connaisseurs contemporains.

Amené par les circonstances à parler de quelques ridicules de certaines personnes fort estimables d'ailleurs, l'auteur, sans nulle intention de médire d'aucun de ces sujets, a voulu seulement faire répéter ce qu'on a dit d'un grand moraliste comique : *ridendo castigat mores.*

Cependant sa muse badine, séduite par l'idée d'un presbytère forcé, se vit contrainte parfois d'être sérieuse pour décrire des vérités qu'elle eut omises de bon cœur si elle eut pu se taire. Mais une fois lancée, elle ne put s'empêcher d'en rapporter toutes les circonstances trop connues de toute la population d'une ville qui en faisait son entretien journalier, de tout le clergé d'un diocèse, et même du chapitre métropolitain à qui il voulait faire approuver les raisons futiles de son entêtement, et dont l'auguste chef, digne et savant pontife, écrivit au lévite récalcitrant de suivre au plus tôt les prudents avis et les ordres de son évêque. Il obéit enfin, c'est-à-dire qu'il sortit du presbytère qu'il avait offert et cédé à l'hospice avec toutes légales formalités, mais il ne voulut jamais demeurer dans le nouveau logement que lui-même avait pourtant convoité et qui touchait à l'église, aimant mieux payer de sa bourse le loyer d'une maison plus éloignée que de céder à des difficultés qu'il ne voulait pas comprendre. Et c'est là qu'il est mort animé des plus vifs sentiments de piété, comme du reste il les avait toujours eus.

LE
PRESBYTÈRE FORCÉ

ou

LA PRISE DU PETIT ANVERS

Poème en huit Chants

PAR J.-B. DUMAS

CHANT PREMIER

Je chante le bonheur d'un dévot personnage,
Ses talents, ses vertus, ses malheurs, son courage ;
Dix ans nourri gratis en mets fins et bonbons,
Mais à la fin, hélas ! réduit à ses jambons.
Aux maux qu'il ressentit de ce dur sacrifice
S'unit l'amer regret de quitter un hospice
Duquel, à tous moments, les plus beaux souvenirs
De son cœur augmentaient les cruels déplaisirs.

Muse, raconte-nous quel sujet déplorable
Lui fit abandonner la généreuse table,
Où si longtemps heureux auprès de saintes sœurs,
Il était seul l'objet de toutes les faveurs ;
Dis comment la discorde, à nuire ingénieuse,
Vint troubler une vie aussi délicieuse ;
Dis comment du héros le valeureux savoir
S'épuisa vainement à défendre un manoir,
Pour la garde duquel sa gloire intéressée
Mit pourtant tout le fiel de son âme offensée.
Enfin que par ton art l'austère vérité
Ici pose au besoin sa froide gravité.

Aux bords orientaux de l'antique Aquitaine,
Dans un site formant et mi-côte et mi-plaine,
S'élève une cité que d'ingrats alentours
Sont loin de mettre au rang des fortunés séjours,
Et l'habitant actif bien de la peine endure
Afin de réparer les torts de la nature (1).
Parfois sous une ormière il se distrait pourtant (2) :
Là l'horizon austral lui montre peu distant
Un château dont l'aspect, soulageant la mémoire,
Déroule à son esprit les tableaux de l'histoire (3) ;
Plus proche il voit au pied d'un agreste coteau
Un vallon où serpente un tout faible ruisseau,
Qui bientôt grossissant dans sa couche profonde
A la Garonne enfin va déposer son onde (4).

---

(1) Montpazier, chef-lieu de canton, dans l'arrondissement de Bergerac.

(2) La place de cette petite ville est entourée de portiques.

(3) La demeure seigneuriale des anciens ducs de Biron.

(4) Le Drop, qui prend sa source non loin de Montpazier.

C'est dans ce pauvre lieu qu'un auguste chrétien,
Dont chaque jour compta par quelque nouveau bien (1),
D'autres cœurs généreux réunissant les bourses
Au peu qui lui restait de ses riches ressources,
Remplit son beau projet de bâtir un couvent
Où des filles de Dieu pour l'infirme indigent
Se plussent d'exercer la douce bienfaisance
Et de se rendre encore utiles à l'enfance.
Il vit avant sa mort tout au gré de ses vœux :
Là, le pauvre en ses maux se trouva bien heureux ;
Là, de pieuses sœurs donnaient à la jeunesse
Des leçons de savoir, et d'ordre et de sagesse ;
Les vérités surtout de la religion
Servaient ici de base à l'éducation.
Là, presqu'en même temps une utile industrie
Fut un nouveau secours au besoin de la vie.
Des filles d'infortune y filaient les tributs
Que l'Inde nous fournit pour différents tissus,
Et par le bruit sifflant des machines tournantes
Ces élèves semblaient au travail plus ardentes.
Mais par temps on cessait pour méditer la loi
De l'Etre qui de tout est le suprême roi ;
Dans les livres sacrés on l'apprenait à lire,
Et sur un beau modèle aussi bien à l'écrire.
Après cet exercice on suppliait sa main

---

(1) L'auteur parle ici d'un curé d'avant la Révolution. Ce fut en
effet à l'instigation de ce saint prêtre, et presque à ses frais, que fut
établi en cette petite ville un hospice, où un nombreux personnel de
religieuses de l'ordre de Sainte-Marthe soigne encore aujourd'hui les
pauvres infirmes et tient en même temps un pensionnat dans un
magnifique établissement. Il y avait aussi établi, comme le remarque
plus loin M. Dumas, une filature de coton pour occuper les filles
déshéritées des biens de la fortune. Elle n'existe plus.

De vouloir bien bénir les mets d'un repas sain ;
Sortant du réfectoire on lui rendait hommage,
Et chacune gaiement revolait à l'ouvrage,
Non sans renouveler des vœux reconnaissants
Pour celui qui fonda ces travaux bienfaisants.

Mais quand les produits vains, effet des circonstances,
Permirent de donner plus de temps aux sciences,
La récréation, à l'aide des dessins,
Présentait à broder aux plus adroites mains ;
Pour d'autres la couture, étant plus nécessaire,
Offrit à leurs essais divers objets à faire ;
Et l'aiguille à tricot, passant mal quelquefois,
Jouait à tours comptés sous les plus faibles doigts.

Aux mérites des sœurs une voix générale
Donnait avec justice une louange égale.
On aimait à parler de leurs humbles vertus,
De leurs moyens heureux, de leurs soins assidus.
Lors on vit accourir de toutes les contrées
Des vierges à former aux maximes sacrées,
Et bientôt leur esprit, orné comme leur cœur,
De l'établissement assura la splendeur.

Pour aider au labeur quelques jeunes novices
Furent en peu de temps d'aptes institutrices ;
Leur ardeur leur valut ces précieux talents
Qui portent aujourd'hui des bienfaits éminents.

Pour leur nombre et celui de tant de jeunes plantes,
Leurs cellules dans peu furent insuffisantes ;
Le moyen d'agrandir n'était pas bien aisé (1).
Par obstacles divers, l'esprit des sœurs croisé,

---

(1) Ce couvent, qui, dans le principe, était si resserré, est aujourd'hui, grâce à l'habile direction de la supérieure, un des plus
beaux et des plus vastes du Périgord.

Vainement en tout sens et médite et raisonne ;
On saisit vingt projets qu'ensuite on abandonne,
Et même à tout espoir on allait renoncer,
Quand un bien grand ami pour tel vint s'annoncer.
　　Avant il faut savoir que joint au monastère,
Un tout nouveau pasteur avait son presbytère.
Entr'eux deux s'élevait un mur dont la hauteur
Selon l'art répondait à l'extrême épaisseur,
Au bon cœur du lévite obstacle bien contraire
Pour tout le bien qu'il eût voulu pouvoir y faire.
Dès l'abord il montra pour la sainte maison
Un si vif intérêt, un si doux abandon,
Qu'il semblait ne devoir respirer que pour elle :
A toute heure il allait lui témoigner son zèle.
Mais il fallut bientôt ménager les regards
D'un public inquiet, jaloux de tant d'égards.
　　Pour le bien du couvent, raison qu'il fit admettre
Afin que l'on voulut décidément permettre
Un moyen qui pourtant fut longtemps rejeté,
Il sut tout arranger à sa commodité.
　　Dans le mur séparant l'une et l'autre retraite,
Par le fer, à la hâte, une ouverture est faite :
Ce secret, de l'envie adroit préservatif,
Trompait l'œil indiscret de maint profane oisif
Qui peut-être eut prêté dans plus d'une visite
Des motifs étrangers à ce sage lévite.
Ainsi la charité par l'habile pasteur
S'exerçait à l'insu du malin détracteur ;
Puis la nouvelle voie au séjour délectable
Etait pour le saint oint d'autant plus favorable
Que, longeant entre deux le balustre et l'autel
Où reposait caché le Fils de l'Eternel,
Servait plus saintement aux besoins du ménage,
Comme l'avait prévu le pasteur en tout sage.

...

Par là passaient l'oignon, la carotte, le choux,
L'eau du puits et parfois potages et ragoûts ;
Souvent, entre deux sceaux, Javotte agenouillée,
Marquait sur le pavé sa station mouillée ;
Et sur le marche-pied, tant de fois chaque jour,
Le lévite, adorant le mystère d'amour,
Par ses genoux durcis dut y graver sans doute
Le signe édifiant de sa fréquente route.

    Le couvent trop heureux, savourant le bonheur
De vivre sous les yeux d'un si saint directeur,
Jouissait constamment de sa chère présence.
Les élèves de même, à leurs jeux, à leur danse,
Sans cesse possédaient l'auguste président,
Peu commode, il est vrai, à leur vif enjouement.
Ce n'était pourtant pas qu'il n'eût plus d'une affaire
L'appelant instamment aux soins du ministère,
Mais par sa bonté d'âme, à l'hospice conduit,
Il remettait la tâche au secours de la nuit.
Se sentait-il pressé, sa forte complaisance
Emoussait tous les traits de son impatience,
Et de voler ailleurs le plus ardent désir
Ne pouvait de ce lieu résister au plaisir.
Mais principalement sa joie inexprimable
Etait d'y remarquer son couvert à la table ;
Chez lui, tout rayonnant, il courait aussitôt
Donner l'ordre précis de renverser le pot.
Soudain même gaîté s'emparait de Javotte,
Chambrière économe, autant que bien dévote,
Qui tressaillait ainsi chaque fois que son cœur
De prier Dieu sans frais goûtait le haut bonheur.
Cependant elle avait bonne part à la chère :
Bénits en traversant le sacré sanctuaire,
Tous les mets desservis venaient flatter ses goûts,
Et jamais aucun plat ne repartait jaloux.

Plus souvent, ayant fait ses prières diverses,
Elle courait dîner avec les sœurs converses
En récitant tout haut son *Benedicite*,
Dont le ton de son cœur marquait l'hilarité.
Bien repue, elle allait à la sainte chapelle,
Pour y remercier de la faveur nouvelle
Le Dieu qui si souvent comblait de tant de biens
Elle et son maître, heureux du vœu fait d'être siens.
Aussi l'on vit bientôt l'une et l'autre figure
Rendre d'un teint fleuri grâces à la nature ;
Propice en ce couvent, ingrate en d'autres lieux,
Elle embellit des traits qu'elle ébaucha hideux.
A leur premier abord, ces deux tristes visages
Des mânes présentaient les plus pâles images ;
Mais la savante, ici dépassant le bel art,
Colora ses défauts sans besoin d'aucun fard.
    Cet heureux changement opéré sur Javotte
Parut même la rendre et moins gauche et moins sotte ;
Et toujours de l'épargne à l'étude adonné,
Son esprit en devint encor plus ordonné.
Non, il ne fut jamais meilleure ménagère :
Elle savait gratis décrasser sa lingère,
Et sur toute lessive ayant l'œil attentif,
Chez les voisins, à l'heure, et non d'un pas tardif,
Elle allait réclamer une part demandée
Pour ce qui n'avait pu se mettre à la cuvée.
Afin d'entretenir son modeste foyer,
Chez eux, trois fois par jour, se gardant d'envoyer
Dans un bassin *ad hoc* quérir toute la braise,
Elle-même elle allait la quêter à son aise ;
Et le mince décroît de son petit bûcher
Montrait que rarement il fallait y toucher.
    Quand Borée amenait ces trop longues soirées
Où la cire et le bois sont fort chères denrées,

Sur son âtre glacé jetant un œil content,
Javotte s'envolait se chauffer au couvent.
Là, d'un feu pétillant la généreuse flamme
Déjà du bon pasteur avait dégourdi l'âme ;
Assis sur le duvet, entouré du saint chœur,
Et sur lui promenant un regard tout moqueur,
Il aimait à pointer de ces bonnes vestales
La moindre infraction aux lois grammaticales ;
Et justement crispé si l'on se fut permis
De le glorifier d'un réciproque avis.
Il pouvait seul, lui seul, sans être téméraire,
Froisser à volonté la passible grammaire,
Dût-il même avancer que Lhomond et Restaud,
Lorsque bon lui semblait, se trouvaient en défaut.
Tantôt il discourait touchant la politique,
Exerçant là-dessus sa meilleure critique,
Tantôt sans s'affubler d'un bonnet de docteur,
Du plus grand des sujets essayant la hauteur,
Il leur parlait de Dieu, mêlant à la matière
Le prix de son tabac et de sa tabatière (1),
Et répétait toujours tout ce qu'il avait dit,
Tant rare est le savoir d'un rhéteur érudit.
   Les compliments flatteurs, dus à son éloquence,
Ménageaient les efforts de sa prompte jactance :
Sœur Thècle, qui jamais aux sermons ne s'endort.
A sa voix faiblissant portait un réconfort,
Et par autres douceurs, professes et novices
Payaient de ses poumons les nobles sacrifices.
   Quand l'airain annonçait le moment du repos,
Lui seul avait le droit d'allonger le propos.

---

(1) Il parlait en effet souvent de sa tabatière en métal, qui lui coûtait fort bon marché.

Sœur Anne qui toujours fut des plus complaisantes,
Restait au résumé des oraisons brillantes;
Mais le docte entretien, répété tant de fois,
Sur elle de Morphée appelait tous les droits.
   Du discours et du feu, Javotte émerveillée,
S'écriait à la fin : O l'heureuse veillée !
Et dans sa bassinoire amassant les charbons,
Guettait, pour l'emporter, le plus gros des tisons :
Son maître en prenait deux. Lors partant en silence
Et louant en leur cœur la bonne Providence,
Dans un sommeil paisible ils allaient jusqu'au jour
Des gratuites faveurs attendre le retour.

CHANT II

Le couvent était donc la corne d'abondance
Pour le pasteur nageant dans les flots de Jouvence.
Aussi se montra-t-il sensible à des douceurs
Capables d'attendrir le plus ferme des cœurs.
Il le prouva surtout quand sœur Anastasie,
Modèle de vertu, finit sa sainte vie :
Il songea le premier aux funèbres honneurs
Bien dus à sa mémoire, aussi bien que des pleurs :
« Ah ! vous ne plaindrez point, ce dit-il à la mère,
Le léger supplément que prend mon ministère,
Quand pour l'honneur du mort je vais au sol béni
L'asperger par trois fois dans son suprême lit.
Oui, pour elle, allongeant ma dévote prière,
Je vous la conduirai jusques au cimetière.
Eh ! Peut-on faire assez pour l'auguste ornement
Qui rehaussait l'éclat de ce digne couvent !
Ne croyez pas, ma sœur, qu'en cela j'envisage,
Et surtout avec vous, un plus grand avantage ;
Je mêle trop les miens à vos justes regrets
Pour penser à grossir la somme de vos frais.

En cette occasion jugez mieux de mon âme. »

   Du pasteur, en effet, le noble cœur s'enflamme :
Pour vingt pas et l'antienne, ô sentiments trop grands,
Le dirai-je, il ne prit que trois fois douze francs !
« Pour tout autre, dit-il, ce serait un à-compte ;
Mais ici vouloir trop, pour le coup j'aurais honte.
Au reste dans la cire on peut se retrouver ;
Elle abonde, et peut-être on pourrait me prouver
Que mon gain funéraire aussi bien à l'hospice
Va sans doute au-delà de mon dû bénéfice.
Puis il me siérait mal d'y regarder de près
Avec des sœurs veillant à tous mes intérêts.
Et quand j'eusse gratis fait cette sépulture,
Et de l'or présenté retiré ma main pure,
Ainsi qu'en ont agi mes confrères loyaux,
Peu jaloux, en effet, d'être en tout mes égaux,
Certes l'on n'eût pu voir dans le funèbre office
De ma part, après tout, le moindre sacrifice :
En toute chose il faut avoir de l'équité,
Et j'aime à faire ici droit à la vérité.
Des plus beaux sentiments mon âme toujours mue
A mon dam toutefois ne fait point de bévue.
Au reste on peut bien dire et penser noblement
Sans que bourse et cassette en souffrent nullement. »

   Mais ici je m'arrête, à la seule pensée
Que l'image à montrer ne peut être tracée
Que par l'art exercé d'un docte imitateur
Qui peindra dignement la sublime grandeur
D'un cœur tel que, depuis que le soleil éclaire,
Pareil ne fût sur l'un ni sur l'autre hémisphère.
Trop faible, j'abandonne à l'habile pinceau
Le soin de nous offrir l'admirable tableau,
Et me borne à marquer l'heureuse circonstance
Où parut tout l'éclat de la reconnaissance.

Le pasteur inquiet voit aussi le surcroît
De l'embarras des sœurs toujours plus à l'étroit.
Sensible, il s'encourut chez la supérieure,
Et là mettant à jour son âme intérieure :
« Je vous plains, lui dit-il, et ne puis endurer
De vous voir en ce lieu ne pouvoir respirer ;
Oui, madame, et je vais vous donner tout à l'heure
Le moyen d'élargir cette étroite demeure.
C'est peu pour vos bienfaits ; je serais trop heureux
De pouvoir compenser tant de soins généreux.
Je le jure, il n'est point de si grand sacrifice
Où je ne fusse prêt, pour vous rendre service.
Quand vous aurez daigné goûter tout mon avis,
Vous verrez si j'ai droit au rang de vos amis.
La maison que j'occupe offre d'abord une aile
A votre logement tout à fait parallèle.
Entr'eux deux on pourrait élever aisément
Un grand corps de logis utile extrêmement.
Du bas il se ferait un charmant oratoire
Qui tiendrait par le fond à votre réfectoire,
D'où l'on pourrait aller prier commodément
Sans craindre désormais brouillards, frimas ni vent.
Commodité surtout pour vous bien précieuse
Afin de satisfaire à votre ardeur pieuse.
Le haut irait très bien pour un pensionnat
Agréable, aéré, d'un régulier état ;
Et par-dessus encor, dans un dortoir immense,
Où l'on saurait placer un œil de surveillance,
Vos élèves pourraient dormir en sûreté,
Respirant d'un air sain l'extrême pureté.
Au midi, sur le sol, un joli péristyle
Ornerait ce grand corps, sans cesser d'être utile ;
Une aile servirait aux cellules des sœurs,
Et les pauvres dans l'autre auraient aussi les leurs.

Une cour, un parterre embelliraient l'enceinte,
Et votre beau séjour serait sorti d'étreinte.
Je cède à cette fin mon entier logement,
Où l'humidité nuit à mon tempérament,
Et je veux éviter pour vous, je le proteste,
Et pour vos sœurs aussi quelque accident funeste ;
Je serais trop ingrat si j'allais par ma mort
Vous causer des regrets, peut-être même sort.
Ah! ne plaise au Seigneur que ce malheur m'attende,
Et qu'avant tout mon siècle au tombeau je descende !
   Prenez donc cette pièce, à la condition
De me trouver ailleurs une habitation
Où l'air plus délié puisse bien me promettre
De reculer longtemps l'heure qui me vit naître,
Et dont les agréments et ceux des alentours,
De mes jours fortunés embellissent le cours.
Vous savez qu'en affaire il faut, selon l'usage,
Que toujours l'obligeant trouve quelque avantage ;
Ce serait tout au plus un argent avancé,
Par vos produits grossis largement compensé ;
Et je ne doute point qu'en ce cas la commune,
Pour qui l'occasion est vraiment opportune,
Ne fasse l'excédant par faciles moyens,
Pouvant vendre aisément ses inutiles biens.
Ainsi j'opine donc que la maison nouvelle
Doit, en toute justice, emporter avec elle
Un excès de valeur dont l'acquit se fera
Par vous, dis-je, ou par ceux que ça regardera.
Convoquez à l'instant vos compagnes chéries,
Pour le bien avec vous sous ce toit réunies :
Sans doute elles verront avec joie un dessein
Dont l'avantage heureux ne peut être incertain.
Je vole, en attendant, où le devoir m'appelle.
Je vous quitte à regret, mais vous savez mon zèle :

Je reviendrai, du reste, avant fin du travail,
Vers la plus chère part de mon aimé bercail.
Si vos avis au mien ne se trouvent contraires,
Commençons dès demain les travaux nécessaires ;
Seul je veux diriger l'œuvre sur un beau plan,
Et le tout, je promets, sera prêt dans un an. »
La mère approuva fort un projet si louable,
Et, sur l'heure, assemblant son conseil vénérable :
« Mes sœurs, s'écria-t-elle, ô plaisir ! ô bonheur !
Nous possédons tous biens en notre cher pasteur !
C'est peu qu'un zèle ardent qu'en lui tout nous atteste
Travaille à nous conduire à la gloire céleste,
Il veut encor parer bien généreusement
Aux maux que nous souffrons d'un étroit logement :
Il cède sa maison pour agrandir la nôtre.
Et s'il veut, le bon cœur, s'accommoder d'une autre,
C'est pour sauver, dit-il, des jours trop exposés,
Et prévenir les pleurs que nous aurions versés !
Un profit, à bon droit, demandé pour l'échange,
De l'homme bienfaisant ajoute à la louange.
Nous donnerons un peu pour avoir beaucoup plus ;
Même la ville, il croit, surfera le surplus.
C'est donc pour nous, mes sœurs, plutôt que pour lui-
Qu'il se sent travaillé par un désir extrême   (même,
De se voir au plus tôt en lieu sec et bien sain,
Où le ciel constamment lui soit pur et serein.
Ah ! quel digne tribut de juste gratitude
Peut-on jamais offrir à sa sollicitude !
Admirez avec moi l'indicible bonté
Nuit et jour méditant notre félicité.
C'est pour nous qu'il respire et qu'il veut vivre encore !
L'ardeur à nous servir l'enflamme et le dévore :
Quel signe plus marqué de son affection !
Voyez aussi pour nous une habitation

Qui, selon le beau plan dont il m'a fait l'esquisse,
Sera vraiment un vaste et superbe édifice :
Dans le haut, dans le bas, mille commodités
Charmeront nos regards par autant de beautés ;
Le bon cœur s'offre encore à conduire l'ouvrage,
Et pour tout il demande un an, pas davantage. »

Sœur Claire alors se lève, et soudain s'écria :
« Quel saint homme ! ô mes sœurs : c'en est un celui-là !
Peut-il mieux nous prouver sa charité brûlante,
Et de son noble cœur l'affection constante !
Il fait donc tout pour nous, vous le voyez, mes sœurs ;
Ah ! faisons tout pour lui, redoublons nos douceurs.
Mais comment compenser toute sa bienveillance ?
Dieu seul peut acquitter notre reconnaissance.
O roi du ciel, prépare au séjour des élus
La place méritée à ses mille vertus ;
Mais laisse-nous longtemps l'ornement de ton temple,
Et de perfections un aussi rare exemple ! »

Ainsi parla sœur Claire, et le chœur d'applaudir.
Oh ! combien ta belle âme eût goûté de plaisir,
Heureux prédestiné, si le sort favorable
Eut porté ton oreille à la voix délectable
De cette intéressante et trop aimable sœur,
Chantant si chaudement un hymne en ton honneur,

CHANT III

Cependant le saint chœur sagement délibère ,
Et décide d'abord d'en référer au maire,
Qui, voyant pour sa ville un majeur intérêt ,
A tous arrangements se montra bientôt prêt.
Le zélé magistrat, joyeux de sa pensée,
De ses municipaux convoque l'assemblée.
Tous ont vu, comme lui, le bien de la cité
Dans l'heureux résultat du projet concerté.
La justice de paix, le conseil de fabrique,
A l'accord unanime adhèrent sans réplique.
Un nouveau presbytère est prêt de se bâtir ;
Mais un logis tout fait paraît mieux convenir :
Il tient presque à l'église , et c'est celui-là même
Souhaité du pasteur avec ardeur extrême.
Tant de fois en passant, par de nouveaux soupirs,
Il avait exprimé ses violents désirs ,
Et si longtemps voulu que le propriétaire
Le lui cédât en troc pour son vieux presbytère,
Qu'on crut avoir trouvé le moment bien heureux
De le mettre à la fin au comble de ses vœux.

Qu'il dormît ou veillât, il songeait à tout heure
Aux avantages sûrs de la belle demeure.
Non-seulement par zèle il avait tant à cœur
Une habitation si près de son labeur,
Afin qu'aux cas pressants, et pour trop ordinaires,
Il pût porter des soins plus prompts, plus salutaires ;
Mais il voyait surtout qu'en toute la cité,
C'était la plus propice au bien de sa santé.
En tout temps, en effet, un air pur la rend saine :
Un salon toujours sec, ce qui manque à la sienne,
Sur un sol planchéié reçoit un beau soleil,
Et le fond en alcôve offre un lit au sommeil.
A gauche la cuisine, et bien claire et commode,
Communique partout, et rien ne l'incommode.
On peut du haut en bas visiter tous les lieux,
Sans qu'elle ait à souffrir d'un passage ennuyeux,
Les pièces à la suite, utiles au ménage,
Contiennent cuve, vin, saloir, bois de chauffage ;
A tout a présidé l'esprit d'arrangement
Qui fit pour chaque objet son apte logement.
Disposés dans un ordre autant ou plus louable,
Les hauts appartements ont un jour agréable :
On y monte aisément par un doux escalier
Qui de même conduit en un vaste grenier.
Sur la publique voie ayant ample sortie
Sont contenues en cour l'étable et l'écurie ;
Le jardin attenant, à l'abri du froid nord,
De Flore et de Pomone a le premier abord ;
Et sous le pampre vert, dans une longue allée,
Le pasteur, promenant une sainte pensée,
Délicieusement pourrait pour les grands jours
En tirer le sujet de quelque beau discours.
    Sur un moëllon taillé solidement assise,
La maison orne encor les entours de l'église ;

Le temple la défend des signes pluvieux,
Et les voisins manoirs des autans furieux.
Bref, elle offre au pasteur un séjour délectable
Qu'on pourrait même encor rendre plus favorable
Si l'on en prolongeait l'aérien balcon
Qui, de la sainte nef atteignant l'éperon,
Serait pour le lévite un charmant belvédère
Pour respirer le frais et lire son bréviaire ;
Et du bout, sur la droite, un escalier tournant,
Où même l'art pourrait se trouver élégant,
Rencontrerait au bas sa porte tant voulue
Pour avoir du lieu saint une seconde issue ;
Cette porte ! sujet de l'extrême douleur
Qui fatigua longtemps son esprit et son cœur,
Et dont il exhalait la forte violence
A tous, grands et petits, venant à pénitence,
Aimant mieux de ses maux les rendre bien touchés
Que de les voir contrits de leurs propres péchés.
    On s'était opposé, fort à propos sans doute,
A son peu sage avis qui menaçait la voûte :
Il voulait qu'on sapât un utile arc-boutant,
Et contre le péril se refusait garant.
Sans nul risque. à deux pas, la porte eut pu se faire ;
Mais de son premier plan ne pouvant se défaire,
Il commençait le dam, lorsque deux magistrats
De ses maçons à l'œuvre arrêtèrent les bras.
Du pasteur, à ce coup. grande fut la tristesse :
Dès lors aux jours fêtés il ne dit qu'une messe,
« Et le bis, prôna-t-il, désormais sera vain,
Tant que l'on croisera mon merveilleux dessein. »
Pourtant le déficit de vingt sous par dimanche
Fit bientôt réformer sa boutade peu franche :
Avant tout cependant il voulut essayer
Si les temples voisins pourraient assez payer

Une messe, ses pas, son clerc et sa monture.
Trompé dans son espoir, il change alors d'allure,
Et dans la sienne église, en moment opportun,
Il annonce qu'enfin l'avantage commun
Le porte à redonner une seconde messe
A son troupeau chéri qui si haut l'intéresse,
Et que les biens réels sont vraiment dans ce lieu :
Le sien, celui de tous, et la gloire de Dieu.
Revenons au manoir tout prêt et si logeable,
En tout réunissant l'utile à l'agréable,
Et passant en valeur le logement cédé
Qui chèrement aux sœurs venait d'être accordé.
On décide bientôt qu'aux frais de la commune,
Pour qui l'occasion est vraiment opportune,
Sera fait l'excédant par faciles moyens
D'aliéner d'abord ses inutiles biens.
Conseil pris, on attend l'ordonnance royale
Pour terminer le tout en la forme légale.
Un violent penchant aux réparations
Livrait tout le pasteur aux agitations :
Il ne peut se donner un seul moment tranquille
Depuis qu'à ses désirs tout devient si facile ;
Et même, avant d'avoir l'ordonnance du roi,
Il presse, il sollicite, il met tout en émoi :
Il veut que du couvent le travail se commence,
Sans souci d'où viendra l'argent de la dépense.
Les pauvres sœurs encor n'avaient d'autre comptant
Que du logis cédé tout juste le montant,
Mais pour faire cesser sa poursuite obstinée,
Elles cèdent, livrant au ciel leur destinée.
Le pasteur enchanté fait abattre un objet
Aisine (1) qui croisait son superbe projet ;

---

(1) Aisine : objet, chose commode (néologisme).

Ensuite il fait tomber l'ancienne chapelle,
Et le restant du mur de mention si belle;
Et bientôt, revêtu des sacrés ornements,
Tout joyeux il bénit les nouveaux fondements.
Puis de la voix, du geste accélérant l'ouvrage,
Il va, vient et revole, il presse, il encourage;
Même avant de quitter son ancien logement,
Il voudrait qu'il subit un entier changement
Pour mettre le grand tout sous la forme élégante
Depuis longtemps conçue en sa tête savante.
Souvent contrarié par la gêne des sœurs
A ses soins généreux fort sensibles d'ailleurs,
Il se trouble, il s'irrite au plus léger obstacle
Qui se serait pourtant levé par un miracle
S'il eut de sa cassette extrait quelques écus
L'un sur l'autre entassés par ses gros revenus.
Mais tout le dévouement, qui pour les sœurs l'anime,
Ne pourrait le porter à distraire un centime :
Le lévite est trop sage et trop religieux
Pour se permettre ainsi d'aller livrer ses dieux;
Il s'armerait plutôt d'une sainte colère
Pour un minime objet du sacré ministère.
    O muse, arrête ici ton inspiration,
C'est assez l'entourer de l'admiration;
Je blesserais enfin sa rare modestie
Si j'allais publier la chaleur infinie
Que pour un sou de cire, argent trop précieux,
Il prit si vivement dans l'intérêt des cieux.
Pourquoi dire, en effet, qu'une tendre parente,
A la tombe voulant suivre une chère tante,
Avec l'un des flambeaux posés près du cercueil
Renfermant le sujet de son trop juste deuil,
Se trouva tout à coup étrangement surprise

3

De se voir arrêter au milieu de l'église
Par le pasteur fougueux qui lui saisit l'habit,
Où d'abord un accroc marqua son saint dépit.
L'attache d'un jupon usée ou mal tissue
Laissa la robe seule à la pauvre éperdue,
Qui soudain sur ses pieds tremblante se blottit,
Et, quand tout fut dehors se relève et s'enfuit.

Cependant arriva la royale ordonnance
A tout acte accordant ample et bonne licence.
Les travaux de l'hospice allaient être achevés,
Quand tous les beaux projets sont soudain entravés.

De la paix, en tout temps, la discorde ennemie
S'indignait en secret de l'heureuse harmonie
Qui du couvent tranquille et du cher directeur
Faisait depuis dix ans l'indicible bonheur.
Enfin cette trop longue et douce intelligence
Alluma sa fureur, irrita sa vengeance :

« Encor si ces cœurs vains, seulement une fois
Eussent voulu, dit-elle, obéir à mes lois !
Mais qu'ils tremblent déjà : périsse ma mémoire,
Si grande qu'elle soit au livre de l'histoire,
Avant que je ne vienne à bout de diviser
Des êtres dédaignant et faisant mépriser
Mes droits si respectés en tous lieux de la terre !
Quoi ! de faibles humains me feraient donc la guerre,
Et je les laisserais braver impunément
Mon pouvoir que l'Olympe éprouva si souvent !
Méconnaissent-ils donc ma force et mon adresse
A creuser sous leurs pas l'abîme de détresse
Où l'esprit désastreux des révolutions
A ma voix tour à tour plonge les nations !
A plaisir répandant l'effroi dans les provinces,
J'ai déjà désuni les peuples et les princes ;

Sans cesser, à mon gré, de troubler l'Orient,
Je soulève aussi bien les états d'Occident.
C'est moi qui sans pitié sur la Lusitanie
Exerce mes fureurs comme sur l'Ibérie :
Par moi l'une gémit sous deux frères rivaux,
Vrais tigres acharnés pour un trône en lambeaux;
L'autre, toujours ardente à suivre mes doctrines,
Sans relâche est en proie aux guerres intestines;
Et la Gaule, en un coin de ses moindres cantons,
Me verra-t-elle en vain agiter mes brandons !
Non, je n'attendrai point la fin de leurs ouvrages,
Pour qu'un heureux mortel, qui me comble d'outrages,
Dans une cour charmante aille porter ses pas,
Y repaisse ses yeux des plus brillants appas,
Et, d'un trop doux accord savourant les délices,
Me force, à tout moment, aux plus durs sacrifices!
Non; usons de notre art, employons tous nos traits.
Faisons peser sur eux mon empire à jamais
Pour punir sûrement ces hardis adversaires.
Venez à mon secours, puissants auxiliaires,
Redoutable amour-propre, et toi ferme intérêt,
Accourez à l'honneur de cet autre projet. »
      Elle dit, et bientôt sous l'air le plus modeste,
Ayant pris d'une nonne et l'habit et le geste,
A l'hospice elle va d'abord se présenter.
Curieux de tout voir et de tout écouter,
L'essaim pieux accourt au bruit de la sonnette
Dont les coups ont marqué réunion complète.
La mère déplorant le poids lourd de ses ans,
Malgré tous ses efforts n'arrive qu'à pas lents;
Et tout clopin-clopant, vieille sœur Henriette
Pour son oreille ingrate apporte un interprète;
Retenue dans son lit par une fluxion,

Une autre oublie alors sa vive affection.
Sœur Anne qui, d'abord du dortoir descendue,
S'était, au grand parloir, la première rendue,
Reparaît pour presser du geste et de la voix
Celles qu'à leur regret on cloche une autre fois.

CHANT IV

Aussitôt que des sœurs la totale assemblée
Sur pied, selon leur rang, en cercle fut placée,
L'étrangère debout gravement salua
Ces nonnes que d'abord son aspect enchanta,
Espérant délecter leur humeur curieuse
Des récits importants d'une religieuse ;
Et son costume encor, qui différait du leur,
De l'entendre augmentait l'impatiente ardeur.
Après l'acquit parfait de toutes révérences
Et les signes marqués de toutes bienséances,
On s'assied, on se mouche, et, le calme une fois,
La voyageuse alors d'une agréable voix :

« Mes sœurs, commença-t-elle, un vœu d'obéissance
Me fait aller trouver une autre résidence ;
Si pour vous aujourd'hui j'allonge mon chemin,
Daigne le Tout-Puissant tourner à bonne fin
La déviation de mon itinéraire,
Quand je viens vous porter un avis salutaire ;
Quoique j'occupe ici d'un utile entretien
Un ordre qui n'est pas le même que le mien,

Croyez à vous servir ma passion ardente.
Qu'importe d'un beguin la mise différente !
Sous l'un et l'autre habit nous servons même Dieu,
En nous il ne faut voir qu'un corps, en temps et lieu.
Au reste, ma démarche est une œuvre chrétienne :
Je remplis un devoir, et je suis bien certaine
Que pour nous, au besoin, avec célérité
Adviendrait le secours de votre charité.
Mais je remarque ici l'attention tardive
De mon âme à vos maux totalement pensive ;
Oui, j'aurais dû d'abord avoir l'insigne honneur
D'offrir mon humble hommage à cette auguste sœur
Qu'un demi-siècle a vue ordonner cet hospice
Avec le beau talent d'un pieux artifice.
Permettez-moi, Madame, un terme qui convient
Au savoir merveilleux par lequel se maintient
Une paix sans nuage entre des caractères
Que souvent la nature a faits des plus contraires ;
Bien qu'il soit contre nous qu'ici la vérité
Obtienne cet aveu de notre humilité.
Ce malheur trop réel rehausse en vous la gloire
De le rendre en ces lieux constamment illusoire.
Oui, vous eussiez régi les plus vastes états
Tout aussi sagement que ces grands potentats
Dont les noms sont classés au temple de mémoire
Pour servir d'ornement aux pages de l'histoire.
Sous l'air indifférent de la simplicité
Vous savez dans un cœur chercher la vérité,
D'un esprit retranché voir toute la pensée,
Et tenir cependant la vôtre bien célée.
Quel politique adroit sut jamais, à propos,
Changer plus prudemment la valeur de ses mots ?
Je m'étendrais encor si votre modestie
A tant d'autres vertus n'était si fort unie.

Bref, nul jamais en dons ne l'emporta sur vous.
Lorsque dans ce moment il ne m'est que trop doux
D'esquisser quelques traits de ce rare mérite,
Peut-être qu'en secret votre cœur sollicite
La fin de ce discours qui me fait retarder
Les preuves d'intérêt que je viens vous porter.
　　J'obéis : Le récit que vous allez entendre
Va sans doute, mes sœurs, grandement vous surprendre :
Sachez donc qu'il s'agit du sort de ce couvent.
Écoutez, mais d'abord respirons un moment. »
　　Du saint chœur, à ces mots, la double impatience
Par un léger murmure altère le silence,
Que de la bouche habile un premier mouvement
Rétablit aussitôt et plus profondément :
　　« Mes sœurs, poursuivit-elle, en ce temps difficile
Vous voulez agrandir ce précieux asile,
Et vous pensez qu'alors votre pensionnat
Des élèves ainsi verra croître l'état.
Ah ! vous n'obtiendrez point cet heureux avantage
Si vous ne tentez pas une démarche sage ;
Car je puis, croyez-moi, vous donner pour certain
Que déjà les parents renoncent au dessein
De fournir désormais à la tâche scolaire
Dont s'acquitte pourtant une ardeur exemplaire.
Connaissez les raisons qu'ils ont à vous porter,
Et qu'il faut, s'il se peut, au plus tôt écarter :
　　Revenant visiter les régions de l'Ourse,
Le soleil en était au milieu de sa course
Quand l'horizon troublé me présage un gros temps
Dont il nous reste encor quelques peu doux instants.
Bientôt pour m'abriter le ciel m'offre un asile,
De toutes les vertus aimable domicile,
Chose rare aujourd'hui, quand l'immoralité
A levé l'étendard de l'incrédulité,

Et que l'homme orgueilleux, enivré de son être,
Ne veut plus voir en lui le Dieu qui l'a fait naître.
Mais du ciel adorons les desseins éternels;
S'il souffre pour un temps d'audacieux mortels,
Du juste il saura bien faire éclater la gloire,
Et, confondant l'impie, effacer sa mémoire.
Délicieusement j'ai donc passé huit jours
Dans ce logis chrétien qu'offrent vos alentours.
Cette maison aisée, autant que respectable,
Reçoit avec honneur fréquemment à sa table
Des gens très distingués en science, en talents,
Et beaucoup plus encor par leurs beaux sentiments.
C'est d'eux que j'ai connu vos efforts inutiles,
Et l'onéreux emploi de vos mises stériles.
Dans leurs propos sensés ils revenaient souvent
A leur vif intérêt pour votre bon couvent,
Et forcés de blâmer le zèle téméraire
D'un pasteur à vos vœux éminemment contraire,
Ils décidaient enfin que d'un tel directeur
Leurs enfants n'auraient plus à craindre l'impudeur;
Mais bien sensiblement ils déploraient la perte
Qu'éprouverait par là votre maison déserte. »
    « Ah! je l'avais prévu, s'écrie en se pâmant
Sœur Anne qui, bientôt à ses sens revenant :
Ce n'est pas d'aujourd'hui, dit-elle, que des plaintes
M'ont donné ce sujet de mes trop vives craintes :
Je m'en suis expliquée au pasteur, mais en vain;
Mes observations n'ont eu que son dédain.
Bien des fois j'ai voulu vous en parler, ma mère,
Mais comment avec vous aborder la matière?
Pour lui telle a paru votre prévention,
Qu'un signe très certain de bénédiction,
A votre dire, était l'aspect seul de son ombre.
De ces faveurs du ciel, ah! que grand est le nombre!

Tant de biens cependant pour nous sont superflus,
Et bientôt nous serons comme n'existant plus,
Bien qu'il faille avec vous s'épuiser en louanges
Et porter le saint oint au-dessus des archanges.
La docte et bonne sœur, qu'un soin officieux
Conduit sans doute à nous par un ordre des cieux,
Peut vous faire entrevoir le destin misérable
Que nous prépare, hélas! une erreur déplorable. »
    Sœur Augustine alors se lève brusquement :
« Puisque, dit-elle, on peut s'expliquer librement,
Ce mortel comme nous toutes, tant que nous sommes,
N'est point du tout un ange, et compte au rang des hom-
Je sais qu'on ne doit pas blesser la charité,   [mes.
Mais faut-il donc toujours céler la vérité?
Bien d'autres jeunes sœurs qui se taisent, ma mère,
Pourraient vous attester combien je suis sincère :
Prenez, si vous voulez, de chacune l'avis,
Vous verrez ma réserve au peu que je vous dis.
Vraiment je ne pourrais m'étendre davantage
Sans risquer d'employer un peu chaste langage.
Mais il est trop certain que d'un zèle immoral
Nos élèves déjà ressentent bien du mal. »
    La mère ici se trouble, et de son monastère
Où du saint directeur qu'encore elle révère
Elle hésite d'abord à prendre l'intérêt.
Ses regards vers le ciel qu'elle implore en secret :
    « O Dieu bon, disait-elle en son âme inquiète,
Fais cesser le tourment où le doute me jette ;
Ta servante, soumise à tes sages arrêts,
Selon ta volonté remplira tes décrets. »
    Quelques moments encore elle attend en silence
Qu'un avis du Très-Haut dirige sa prudence.
Bientôt cherchant des yeux son consolant appui :
« Sœur Anne, elle s'écrie, oui, le ciel aujourd'hui

...

Confirme pleinement ma raison prévoyante
Alors que je vous fis ma première assistante.
Ecoutez, apprenez ses augustes desseins :
Je vais remettre ici tout pouvoir en vos mains ;
Dans ce grave embarras faites toute démarche.
Je prierai le Seigneur d'éclairer votre marche
Et d'illustrer toujours ces talents distingués
Que sans doute pour nous il vous a prodigués ;
Justifiez encor ma longue confiance
Et redoublez vos droits à ma reconnaissance.

Vous qui les partagez, ô généreuse sœur,
De vous avoir longtemps eussions-nous le bonheur !
Mais attendez ici, du moins une semaine,
La fin des jours mauvais que l'équinoxe traîne.
Ce retard obligeant nous sera précieux
D'abord pour achever de dessiller nos yeux,
Et puis pour nous aider aux moyens efficaces
De prévenir pour nous de nouvelles disgràces.
Le zèle et les talents de celle que mon cœur
Choisit pour soulager mon pénible labeur,
En tout seconderont votre haute sagesse
Qui fera mieux encor ressortir son adresse.
Restez, accordez-nous le plus doux des plaisirs ;
Le temps, vous le voyez, s'accorde à nos désirs.
En sortant du Bélier, Phébus à la nature
Avec les plus beaux jours va donner sa parure ;
Alors les doux concerts de mille êtres joyeux
Charmeront constamment votre trajet heureux.
Et vous arriverez sous un ciel favorable
Au terme désiré d'un voyage agréable.
Vous, ma chère Anne, vous qui connaissez le prix
Et le besoin pour nous des plus sages avis,
Aidez à retenir cette hôte intéressante
Qui rendra votre gloire encore plus brillante. »

Sœur Anne, peu sensible à l'éloge flatteur,
Pour l'intérêt commun n'écoutait que son cœur.
Dès longtemps ses vertus et son intelligence
Avaient de ce couvent relevé l'espérance.
D'abord son postulat, brillant de charité,
Servit avec ardeur l'infirme pauvreté ;
Tous les maux ,dégoûtants ne sont rien qui l'effraye :
Elle veut pour sa part la plus hideuse plaie,
Et saura préparer le bénin détersif
Pour détruire en l'ulcère un venin corrosif.
Aussi réunissant au savoir d'Hippocrate
L'art de bien diriger une main délicate,
Elle était la grand'aide aux sœurs dont les vieux ans
Retardaient les secours de leurs vœux bienfaisants.
De son cœur généreux la noble récompense
Était dans le plaisir d'alléger la souffrance,
Et de gagner au ciel par ses pieux avis
Des êtres malheureux à leur sort bien soumis.
    C'est elle aussi qu'on vit au nombre des novices
Montrer de hauts talents les heureuses prémices
Et promettre à des sœurs, lasses d'enseignement,
Le repos mérité de leur long dévouement.
Jeune et pleine d'appas, notre sage aspirante,
Du monde rejetant la pompe séduisante
Et préférant toujours à mille adorateurs
L'Être bon qui fait seul le vrai charme des cœurs,
Joyeuse, prend enfin le voile de professe,
Et la mère aussitôt la fait sa sous-maîtresse.
Cette prieure alors voyant qu'il était temps
D'alléger un fardeau porté deux fois vingt ans,
Et voyant dans sœur Anne un zèle infatigable
Conduit par un génie éminemment capable,
Lui cède du couvent l'administration,.
Y mettant seulement une condition ;

Et c'était d'approuver comme supérieure,
De sa direction la marche ultérieure.

Jusque-là la maison n'avait eu que des sœurs,
D'un bien-être ignorant les commodes douceurs ;
Mais Anne sut bientôt y faire entrer l'aisance,
En cherchant avec art, avec persévérance,
Les plus heureux moyens d'attirer en ces lieux
Des élèves et dots des vœux religieux.
Alors, au grand plaisir de la pieuse mère,
Dans l'hospice elle fait une réforme entière,
Et d'un saint ordre ayant tous les bons éléments,
Elle en prescrit et suit tous les stricts règlements :
A chaque heure elle assigne un utile exercice,
Dans l'église, en commun, fait réciter l'office ;
De toute œuvre, en un mot, la régularité
Montra de ses statuts l'efficace bonté.

Or donc, sans cesse ardente au bien du monastère,
Sœur Anne ici se rend aux désirs de la mère ;
De l'étrangère alors elle implore l'appui :
« Vous que le ciel propice à nous mène aujourd'hui,
Secourez-nous, dit-elle, illustre voyageuse ;
Dans ce cas malheureux votre âme généreuse
Peut avec votre esprit nous donner un avis
Où la sagesse brille autant qu'en vos débits.
Comme l'a dit la mère, ici votre présence
Nous est, vous le voyez, d'une haute importance.
Mais ce motif, ma sœur, ne fait pas seulement
De vous y posséder notre désir ardent;
Je ne sais par quel charme en vous tout nous inspire
Un bien doux sentiment qui vers vous nous attire.
Oh ! restez, je vous prie, au moins jusqu'aux beaux jours
Dont un soleil plus pur va commencer le cours. »

CHANT V

De cet heureux essai la discorde contente :
« Je vous plains, poursuit-elle, et je sens la tourmente
Que vous cause, mes sœurs, un grave évènement,
Trop triste effet d'un zèle, hélas! plus qu'imprudent.
Mais ici je reviens encore à vous, Madame,
Vous dont l'esprit subtil sait lire au fond d'une âme,
Veuillez voir avec moi dans votre cher pasteur
Les sentiments au vrai qui remplissent son cœur :
Jamais dans ses grands vœux pour tout votre avantage
Sa générosité mit-elle quelque gage ?
Ah ! dans votre silence, un aveu négatif
Montre sous ce rapport combien il est rétif.
Par un vrai mouvement de sa reconnaissance
A-t-il marqué jamais de vos dons l'affluence ?
Et ses plaisirs prévus dans le logis cédé
Sont-ils bien de son âme un noble procédé?
Mieux que vous ne pensez, de tout je suis instruite :
Bien plus d'une raison que je n'ai point déduite,
Et dont pour vous sans doute un pénible détail
Ne ferait qu'augmenter l'affreux épouvantail,

Vous prouverait encor du prix toute la somme
Que depuis bien longtemps j'attache à ce cher homme.
Je ne veux point nier son savoir éminent,
Je sais pour son état son bien rare talent ;
Son génie éclatant, qu'aucun autre n'efface,
Lui donne bien le droit d'être ferme et tenace.
Oui, des plus beaux esprits tout le brillant faisceau
Est d'abord éclipsé par l'unique flambeau.
S'il fait ici peu cas d'une grave méprise,
C'est qu'il est, dans le fait, plus savant que l'Eglise :
Aussi blâme-t-il fort les dangereux sermons
Des mauvais directeurs qui suivent les canons.
Non, non, point de pasteurs à celui-là semblables :
Les autres au besoin se montrent secourables,
Les béats font aussi des offices gratis.
Est-ce là, franchement, la route du Paradis ?
Faut-il user ainsi le cuir de la semelle,
Et se casser pour rien la voix et la cervelle ?
Tel autre, son voisin, à l'alluia pascal (1)
Brûle au moins bonnement de cierges un quintal,
Et je ne compte point tous ceux qu'il sacrifie
Plusieurs fois dans l'année à l'auguste Marie,
Sans songer que par là tous ses bons revenus
Ne le feront nommer le compère aux écus ;
Par des bienfaits encore il fuit cet avantage.
Oh! que votre pasteur se montre bien plus sage !
Dans les solennités, façonnés de ses doigts,
Six petits lumignons, souvent réduits à trois,
Prouvent sans contredit qu'une vertu magique
Le pousse constamment vers l'ordre économique.
Son secret en bougie est-il de vous connu ?

_____

(1) Alluia pour alleluia.

C'est un mince coton dans ses mains revêtu
De la cire coulant par la chaleur pressée,
Quand la mèche à l'excès se brûle renversée,
Ou quand l'air, agitant la flamme tout autour,
Du cierge sillonné dégrade le contour.
Du ministre avisé voilà le savoir faire.
Il fournit aux autels ce nouveau luminaire
Extrait d'un bien plus beau qui ne reparaît plus,
Et s'en va croître alors la pile des écus
En rapportant cent fois pour un peu de lumière,
Toujours du premier prix la somme tout entière.
Le calcul du lévite aisément se comprend ;
Jamais pour sa valeur un cierge ne se prend,
Le feu n'eût-il noirci que le bout de la mèche.
Donc craignant pour sa bourse une trop forte brèche,
S'il fallait supporter le moindre déficit,
Le pasteur, au contraire, y fait un bon profit ;
Et même à l'idiot sa fertile science
Prouve qu'un quart de cire est d'un volume immense.
    Mais laissons à l'oint saint ses bonnes qualités
Et tâchons de parer aux maux qu'il a portés.
Voici, mes chères sœurs, ce que je vous conseille,
Et dont s'acquittera la sœur Anne à merveille.
Sans doute il faut d'abord agir bien prudemment.
Ménager l'amour-propre à tout saint inhérent
Tant qu'il n'a pas franchi le seuil de cette vie,
Et le vôtre, je crois, en a sa part jolie.
Vous devez recourir à votre protecteur,
Le prier qu'il vous donne un autre directeur,
Parce que celui-ci, trop surchargé d'affaires,
Ne peut vous accorder tous moments nécessaires.
L'esprit sage et profond de ce supérieur
Saura mettre la forme à tout extérieur,
Et vous rouvrir ainsi les sources de l'aisance

Sans altérer en rien la bonne intelligence :
Il serait trop criant de la voir se bannir
Par des gens d'un état fait pour la maintenir.
Voilà, mes sœurs, l'avis selon moi le plus sage ;
Puisse-t-il amener un heureux avantage,
Et qu'en votre faveur tout ait bientôt changé !
Mais de vous il est temps que je prenne congé.
Je suis sensible, au reste, à vos vives instances ;
Mes conseils précieux dans vos cruelles transes
N'en sont pas, je le vois, toute votre raison ;
Je sais lire en vos cœurs. Quittant cette maison,
J'y laisse mes regrets quand j'emporte les vôtres.
Soumise, vous savez, aux volontés des autres,
Je dois être rendue à temps et jour précis.
Maintenant nul délai ne me reste permis.
Mais toujours votre sort, présent à ma mémoire,
M'occupera surtout dans le saint oratoire ;
Là tous mes vœux pour vous s'élèveront aux cieux.
C'est ainsi qu'en partant je vous fais mes adieux. »
　　La déesse s'éloigne, et bientôt se présente
Pâle, défigurée, abattue et dolente,
Au pasteur qui d'abord, à sa vue effrayé,
Ne sait de quelle part ce spectre est envoyé.
Sous des haillons crasseux et noircis de fumée,
Il reconnaît enfin ce femelle pygmée
Qui souvent de son gîte accourt à petits pas
Lui conter ce qu'il sait et ce qu'il ne sait pas.　　[cause
« Eh ! quoi ! c'est vous, ma chère ! Et quelle est donc la
Qui vous fait aujourd'hui.....? Vous tenez bouche close !
Ah ! quand bien le sujet différât des récits
Dont vous venez parfois récréer mes esprits,
Parlez, qu'est-ce ? » — « Eh ! Monsieur, pourrai-je vous le
Pour vous en ce moment je souffre le martyre :　　[dire !
Ce peuple embéguiné, qui vous fait tant d'accueil,

Les sœurs, le croirez-vous, préparent un écueil
Où pourrait échouer toute votre sagesse
A maintenir les droits commis à votre adresse,
S'il n'était pas en vous cette roide fierté
Qui de votre origine est le type vanté.
Ces cœurs, ces tendres cœurs, dont la pure innocence
Conservait sa candeur par votre vigilance,
Ces cœurs tout ingénus, ignorant les appas
Qui les exposeront à bien plus d'un faux pas,
Ces cœurs, de vos brebis la portion si chère,
Vont être hélas! livrés aux soins d'un mercenaire.
Oui, croyez-le, vous dis-je, un autre directeur
Va bientôt remplacer le vrai, le bon pasteur,
Et de ce changement la raison insensée
Est que votre savoir étend trop la pensée ;
Que sous bien des rapports vos brillantes leçons
Ne suivent pas toujours la règle des saisons ;
Qu'à ces jeunes tendrons, même avant les trois lustres,
Vous donnez des avis qui sont autant de lustres
Dont l'éclat enflammé, par là très dangereux,
Excite en eux trop tôt l'ardeur de certains feux.
Je sais qu'à cet égard votre intention pure
Leur fait du naturel la fidèle peinture ;
Mais quelque soit, dit-on, votre innocent pinceau,
Il devrait au besoin mieux gazer le tableau.
On est surpris aussi de ce que vos lumières,
Qui savent en tous sens franchir toutes barrières,
Trouvent de grands péchés où d'autres directeurs
Avaient vu seulement de légères erreurs,
Et que ce qu'ils jugeaient plus gros qu'une montagne
N'est à vos yeux perçants qu'un simple fil d'aragne ;
Aussi c'est à bon droit que ces petits esprits
Ont acquis dans le vôtre un souverain mépris.
Avec raison encor votre sagesse estime

Qu'aller à leurs conseils est un pas vers le crime.
De même au temps nommé de bénédiction,
Dans ces jours soi-disant de sainte mission,
Vous frémissez de voir tant de chères ouailles,
Sans égard au tourment de vos vives entrailles,
Aller, les yeux fermés, follement engager
Le salut de leur âme aux soins d'un étranger.
Pardonnez-leur : hélas ! elles ne savaient guères
Que vous seul possédez tous moyens nécessaires,
Que vous seul connaissez le vrai, le droit chemin
Qui conduit les mortels au glorieux destin.
Etrange aveuglement ! personne encor ne pense
Que vous seul des canons avez toute dispense,
Et que votre génie, en tous points assez fort,
Peut sans ces vains appuis vous mener à bon port.

    Un outrage de plus, quelle scélératesse !
Ne vous prête-t-on pas, jusques à la bassesse,
De voir dans votre état un excellent métier
Que vous faites valoir plus que du cher denier.
Ah ! s'il avait, dit-on, la moindre repentance
D'avoir d'un saint prélat méprisé l'ordonnance,
Il nous rembourserait bon nombre de beaux francs
Et ne compterait plus parmi les durs traitants.
Sa voix, ajoute-t-on, quand si fort il nous prône,
N'est pour nous qu'un vain son qui sous la nef résonne :
Et quand vous criez tant « Rendez le bien d'autrui, »
Chacun se dit tout bas « Qu'il commence par lui. »
Mais ici, cher pasteur, souffrez que je respire,
Car j'aurai dans l'instant autre chose à vous dire ;
Il faut vous dévoiler toute l'iniquité
Où se portent les traits de la malignité. »

CHANT VI

« Saint homme, il est trop vrai, le méchant dénature
De vos actes pieux l'intention si pure ;
Votre amour si marqué pour la religion
Est traité d'artifice et de séduction.
L'impie acharnement d'une malice extrême
Va jusqu'à dénigrer vos talents en barème :
Est-ce la faute à vous si, par juste calcul,
Une messe à voix basse est presque un profit nul ;
Si chantée elle en vaut une demi-douzaine,
Vous donnant chaque jour l'argent d'une semaine ;
Et si cinquante-cinq, multipliés par six,
D'un longtemps précompté vous ôte les soucis !
On sait que le dimanche appartient aux fidèles,
Que les gains, ce jour-là, ne sont que bagatelles ;
Une première messe et quelques bans d'hymen
N'exigent point d'un compte un fort long examen.
Bien que l'avant-coureur de sainte quarantaine
Vous porte quelquefois une assez bonne aubaine.
Ensuite l'on prétend que toujours l'œil au guet,
Pour la perte d'un rien vous tremblez sans sujet ;

Que vous avez surtout un serrement d'entrailles
De peur qu'on ne vous joue un tour aux funérailles,
Et que vos pleurs amères expriment le dépit,
Quand mainte confrérie en a quelque profit.
    On blâme encore en vous la sage prévoyance
De munir d'un beau cierge, au moins un mois d'avance,
Tous ceux que votre zèle, alors bien précieux,
Pour la première fois dispose au pain des cieux.
Vous savez bien qu'ainsi leur piété fervente
Peut conserver sans doute une ardeur permanente,
Ce qu'ils n'obtiendraient pas d'un autre plus petit,
Ou qui viendrait surtout d'un endroit moins bénit.
Eh bien, on vous réfute une raison si sainte :
Une condition qui tient de la contrainte
Lui donne, ajoute-t-on, un bel et bon argent,
Par le haut prix qu'il fixe au cierge qu'il reprend.
Et lorsque disparaît dans le moment plausible
Ce luminaire, au plus cinq minutes visible,
On entend chuchoter par cent malignes voix
Cet adage commun : Le signe vaut la croix.
Puis dehors hautement l'on se permet de dire
Que votre ardeur pieuse est pour l'or qui l'inspire ;
Qu'un si vif intérêt à la religion
Vous rend inaccessible à la compassion ;
Qu'ainsi du fin métal votre soif mercenaire
D'un troupeau qu'elle épuise achève la misère ;
Et, pis est, que pour croît à vos sordides gains
Vous faites un trafic des objets les plus saints.
    Mais puis-je taire ici le comble de l'outrage
Et de l'affreux pervers l'impitoyable rage ?
Non ; de sa langue atroce apprenez la noirceur :
On ose débiter, ô très chaste pasteur,
Que la sale luxure a pour vous tant de charmes
Que vous mettez bientôt un cœur pur en alarmes ;

Que l'aveu repentant de forfaits inouïs
Ne saurait vous distraire à vos goûts favoris ;
Qu'au sacré tribunal, dans une sacristie,
Vous flattez la beauté qui d'abord s'humilie ;
Qu'ensuite à vos côtés l'invitez à s'asseoir
Pour changer le lieu saint en profane parloir ;
Que parfois, dans vos bras pressant la pénitente,
Vous peignez de maints feux la flamme dévorante ;
Mais que dans la pudeur ou dans vos traits hideux
Vous trouvez un obstacle à de coupables vœux.
Si, voulant mettre fin à si noire sottise,
Vous daignez quelquefois confesser dans l'église,
On soutient que, pressé par les ordres précis
De vos supérieurs indignés et surpris,
Vous craignez à bon droit la suspense éminente
Qui pour votre gousset est pour trop effrayante.
Les méchants en effet sont si peu clairvoyants !
Aller croire vos goûts et votre esprit changeants ! .
Comme si le prélat, même celui de Rome,
Pouvait facilement de vous faire un autre homme
Et vous distraire ainsi d'un parti résolu,
Quand votre tête ferme une fois l'a voulu !
D'ailleurs peut-on blâmer certaine gentillesse
Qui souvent, à propos, seconde votre adresse
A découvrir d'un cœur le véritable état ?
L'impie y trouve seul un horrible attentat.
Enfin on dit de vous, on redit tant de choses,
Que pour les répéter il faudrait bien des pauses.
Au reste, vous voyez par cet échantillon
Des démons déchaînés l'infâme bataillon.
Mais les affreux desseins d'un corps à l'âme noire
Réussiront-ils donc à ternir une gloire
Acquise ailleurs déjà par d'illustres hauts faits,
En bravant d'un héros les formidables traits ?

Je m'en souviens toujours, et sans cesse j'admire
Les grands et saints efforts employés par votre ire
Quand d'un temple on voulut vous défendre l'accès :
Il ne tenait qu'à vous de suivre vos succès ;
Et du combat enfin si vous vous retirâtes
Pour nous faire l'honneur de vos chers dieux pénates,
C'est que d'un maire alors les indignes assauts
Ne pouvaient augmenter l'éclat de vos travaux.
Mais ici quand des sœurs l'atroce ingratitude
Paye aussi lâchement tant de sollicitude,
Quand on attaque en vous l'innocente vertu,
Nierez-vous le sang dont vous êtes issu ?
Serez-vous de tous dens un inutile exemple
Afin que seulement en vous on les contemple ?
Songez-y bien : le ciel, pour l'honneur de ses saints,
Vous fit le plus savant, le plus fier des humains.
Agissez, votre cause est celle de l'Eglise ;
Ainsi pour la venger toute voie est permise.
Ne vous liez donc point à votre bonne foi,
Le parjure n'est rien, fiez-vous-en en moi ;
Quand pour vous nuire on cherche un prétexte frivole,
Vous pouvez hardiment fausser votre parole.
Restez donc au logis que vous avez vendu ;
Inventez pour cela quelque malentendu.
Qu'ainsi votre roideur jamais ne s'accommode
De l'autre logement, bien qu'il soit plus commode :
Trouvez-y tous les car, tous les si, tous les mais,
Pour vous y ménager un glorieux procès ;
Que l'envie à vos traits vainement se dérobe
Et sache le danger d'attaquer votre robe.
Niez donc vos accords, quoique, entre nous soit dit,
Dans ces arrangements vous ayez tout profit ;
Il faut que tout en vous, et même l'avarice,
A votre honneur lésé consente un sacrifice,

Les sœurs déploreront leurs inutiles frais,
Et cette fois auront le nez long ou jamais.
Il n'est point de moyen plus certain de vengeance,
Ni de vous procurer plus douce jouissance ;
Vous les verrez aller, venir, être en émoi,
Tandis que vous serez chez vous bien clos et coi,
L'on vous menacera de prélat, de ministre :
Ces grands noms, croyez-moi, n'ont rien de bien sinistre.
De leurs sommations à tout le vain tracas
Répondez seulement : Je ne veux pas.
Et si de la chicane il vous fallait l'adresse,
Vous êtes en faveur auprès de la déesse :
Elle aime la constance et la ténacité
D'un zélé, comme vous, à son autorité. »

    « Que je vous sais bon gré, généreuse commère,
Dit enfin le pasteur à la triste mégère,
De m'avoir révélé le complot odieux
Qu'a tramé sourdement un corps religieux.
D'abord, je l'avouerai, j'étais en épouvante,
Mais votre bon avis me rend l'âme contente ;
Je le suivrai, ma chère, et tenez pour bien sûr
Qu'on me verra toujours aussi ferme qu'un mur.
Midi sonne ; en carême il est temps que je prenne
Quelques confortatifs de sainte quarantaine.
Avec bien du plaisir à mon frugal repas
Je vous inviterais, si vous ne jeûniez pas.
Passez au coin du feu, vous êtes essoufflée ;
Ce matin on a vu, dit-on, de l'eau glacée.
L'air pourrait vous saisir, et j'aurais mal au cœur
Qu'en voulant m'obliger il vous advînt malheur.
Javotte va passer ; gardez en sa présence
Sur la trame perfide un rigoureux silence :
Elle prend à mon sort un si vif intérêt
Que la triste nouvelle à mort l'atterrerait. »

Cependant la commère admirait une table
Où la frugalité n'eût pas été louable
S'il n'eût été dimanche, et celui des Rameaux,
Le grand jour, l'heureux jour des beaux maigres cadeaux.
Tout jusques au café, sucre, rhum, eau-de-vie,
Déjà depuis l'aurore arrivait par furie ;
Et la rivalité faisait à qui mieux mieux
Servirait la coutume établie en ces lieux.
L'amour pour le pasteur y jouait moins son rôle
Que ne fait en tel cas la sotte gloriole ;
Mais tous raisonnements deviendraient superflus
Si l'on voulait d'abord détruire un vieil abus.
Et pourtant aux présents on eut joint forte somme
Pour donner en bon troc la face du cher homme,
Car ses fausses vertus, irritant les esprits,
En faisaient un objet de souverain mépris.

Or, dis-je, la commère, en son recoin assise,
Contemplait le dîner d'un ministre d'Eglise :
Tout autour d'un potage, où nageaient des pois verts,
Sans doute premiers fruits pardonnés des hivers,
Etaient différents mets placés sans symétrie,
Dont elle prit plaisir à faire la série ;
Tandis que, blanchissant dans le sucre et le lait,
Un joli plat de riz fort gravement venait
Remplacer dignement le précoce potage.
Toujours de ses moments faisant un bon usage
Le pasteur ordonné vous avale en deux traits,
Pour graisser le passage, un et deux beaux œufs frais,
Le riz bien entamé, ses regards dans le doute
Ne savaient trop par où poursuivre la déroute ;
Tout flattait à la fois ses friands appétits :
Ici se présentaient de gros goujons bien frits,
Là de plus gros poissons au vin, à la poulette,
Ici fumait encore une jaune omelette,

Et là d'une morue à l'extrême blancheur
Le beurre et la bonne huile augmentaient la saveur.
Une sauce à bonne air, dite la sans-pareille,
Baignait d'un beau saumon une tranche vermeille;
Encore de morue un morceau transparent
En salade attendait son assaisonnement.
Un plat de haricots, un autre à la lentille
Laissaient voir entr'eux deux une superbe anguille
Qui, cuite à petit feu sur les branches d'un gril,
Exhalait un parfum sous un dais de persil.
Venait une sarcelle, aliment gras et maigre,
Bien confite en son jus au filet de vinaigre.
Aussi bien la marée avait fourni son plat :
Des huîtres s'y voyaient d'un assez frais état.
D'un chicon l'œil blanchi, couronné d'herbes fines,
Avait à ses côtés quelques tendres racines;
Et tout près d'une crème aux charmantes couleurs
S'offrait en parasol le plus beau des choux-fleurs.
Quelques œufs à l'oseille, et d'autres au laitage,
Terminaient à peu près ce confus étalage,
Y compris à propos un plat aux roux oignons,
Plus en sauce et grillés de jolis champignons.
Il est bien entendu qu'à tout cela se mêle
Des entremets nombreux la longue kyrielle,
Tels que beurre, piments, cornichons et raiforts,
Pour le faible estomac nécessaires conforts.
    Telle était du pasteur la maigre et bonne chère
Dont eut part tout le nez de la vieille commère.
Puis de trois vins exquis la restaurante odeur
Venait aussi parfois lui réjouir le cœur.

CHANT VII

Venus tout apprêtés, ces bons mets, comme étrennes,
De l'heureuse Javotte épargnaient bois et peines.
Sur sa figure un peintre aurait voulu saisir
Les traits si rayonnants d'un vif et saint plaisir.
Ses yeux émerveillés revoyaient chaque année
Sa cuisine ainsi faite et bien assaisonnée.
Pour elle et pour son maître, ô bonheur trop charmant!
Tant de biens à la fois arrivés en dormant!
Manger, boire, prier, et rien de plus à faire,
Pas même à nettoyer la vaisselle étrangère!
Car, par son bon instinct, elle ne lavait rien
Pour que chacun ainsi reconnut mieux son bien.
Pour des cœurs si dévots, oh! quelle joie extrême
De bien sanctifier deux grands jours de carême,
Abondamment pourvus d'un ample et bon repas,
Et sans dépense aucune, et sans nul embarras!
Tel est le privilége aux âmes si ferventes
De pouvoir savourer des faveurs ravissantes.
Aussi de nos deux saints ce plaisir annuel
Leur faisait prégoûter les délices du ciel.

Le carême arrivé, l'esprit de pénitence
De ces prédestinés doublait l'impatience :
De tous leurs vœux ardents ils en hâtaient le cours
Pour voir reluire enfin le plus saint de leurs jours.
A cet égard aussi l'amour de la retraite
Servait fort à propos le sage anachorète ;
Car il sut, pour un bien, prudemment réformer
Une mode pour lui fortement à blâmer.
De bonne heure il montra le courage admirable
D'occuper à lui seul, en tout temps, une table
Où souvent les amis de son prédécesseur
Par le nombre augmentaient le plaisir de son cœur.
Ce n'était pas ainsi du nouvel économe
De qui la piété, tant soit peu gastronome,
Voyait encore, au moins pour tout le lendemain,
A prier sans besoin de casserole en train ;
Et puis le bon chiffreur, avec sa ménagère,
Faisant sur tous reliefs un examen sévère,
Jugeait quels avant peu pourraient être perdus,
Et bientôt à l'enchère ils étaient tous vendus.
Ainsi de pauvres gens aux pieuses ripailles
Couraient chercher de quoi réjouir leurs entrailles,
Sans que le noble appel du généreux traiteur
En cela de sa bourse altérât la valeur.
Tant de dons cependant, que prescrivait l'usage,
Etaient pour le lévite un bien doux avantage ;
Car son gousset pieux, disons la vérité,
Ne contenta jamais la sensualité.
Si pourtant il fallait parfois la satisfaire,
Chez autrui volontiers il faisait bonne chère,
Et, mangeant de tous mets servis gratuitement,
Il compensait son hôte en un long compliment ;
Qu'il voudrait, disait-il, l'héberger à sa table !
Mais à ses grands travaux étant indispensable,

Il ne pouvait chez lui perdre un temps précieux
Que par grâce dehors il employait au mieux.
« Au reste, ajoutait-il, je crains peu la dépense,
Je m'épuise en bienfaits beaucoup plus qu'on ne pense;
Mais permettez qu'ici je sois humble et discret,
Vous savez que le bien doit se faire en secret.
Aussi dans le silence, et vous pouvez m'en croire,
Je m'occupe souvent d'une œuvre méritoire.
Encor pour bons motifs j'acquis un vieux château
Avec son riche enclos, où sera mon tombeau ;
Et bientôt, à mes frais, cet antique édifice
Sera pour l'infortune un secourable hospice.
C'est là qu'un chœur pieux sur un rit solennel
Implorera souvent mon repos éternel.
Ce n'est point que je pense utiles à mon âme
Des vœux pour m'éviter l'expiatoire flamme :
Jamais le vice en moi n'altéra la vertu,
Et si l'on croit me voir un naturel têtu,
C'est pour la protéger que je me montre ferme,
Et qu'à cette roideur je ne sais mettre un terme
Que le droit de chacun ne soit bien reconnu,
Et que le mal acquis ne soit bientôt rendu.
Non, la Religion en moi n'est point stérile,
Et le pharisien, cité dans l'Evangile,
N'aurait pu se prôner autant homme de bien
Que je puis, Dieu merci, me dire bon chrétien.
Toujours des saintes lois j'ai gardé l'observance,
Et de toutes vertus exemple d'excellence,
J'ai le plus beau des dons, l'auguste charité
Qui brille en moi surtout avec l'humilité.
Aussi je n'ai jamais glosé sur mes confrères,
Ni ridiculisé leurs actes, leurs manières.
Si pourtant l'intérêt de la Religion
Me porte à déplorer leur peu d'instruction,

C'est quand je vois vraiment leur étroite science
Entre elle et mon savoir mettre un espace immense,
Et qu'à l'égard des mœurs faiblement épurés,
Ils sont auprès de moi par trop arriérés.
Oui, je puis, grâce à Dieu, leur donner l'assurance
Que j'ai sans tache encor la robe d'innocence. »
  Tel était le merci du pasteur sans orgueil
Qui, ne se croyant point avoir la poutre à l'œil,
Dans celui du voisin voyait mieux la paillette
Que tout autre n'eût fait avec fine lunette ;
Et son hôte admirant l'ingénieux détour
Employé par l'oint saint pour écarter son tour,
En lui-même disait : Jamais plus ma cuisine
N'obtiendra du pasteur la louange divine.
Mais laissons là l'éloge à lui bien mérité,
Et revenons à table où nous l'avons quitté.
  Le pasteur, allant donc en toute diligence,
Prouvait à belles dents de tous mets l'excellence.
Songeant à la commère, il avait la bonté,
Pour mieux la dégourdir, de boire à sa santé.
Le strict observateur de jeûne et d'abstinence
Lui rappelait pourtant l'esprit de pénitence,
De crainte qu'exposée à la tentation
Elle n'y succombât en cette occasion.
Toujours auprès du feu la pauvre sans malice
Voit l'active Javotte emporter à l'office
Les restes copieux de ce frugal dîné
Que remplace un dessert aussi bien ordonné.
D'une poire d'hiver sous la braise amollie
Les quatre quarts sucrés, arrosés d'eau-de-vie,
Viennent accompagnés de quelques bons fruits secs,
Tels que prunes, raisins, et figues et persecs.
Avec l'amande en coque arrivent le fromage,
Et de pâtisserie un assez bel ouvrage ;

Et puis des marrons verts, assez bien conservés,
Pour la fête du jour dès longtemps réservés.
Pour terminer enfin cette maigre bombance,
De l'abeille un produit paraît en abondance;
Le lévite friand de tous ces dons du ciel,
Se prononça surtout pour ces rayons de miel,
Dont les restes gluants sur sa barbe et sa bouche
Faisaient de son minois un vilain trompe-mouche.

Quand tous mets et desserts, café, bonne liqueur,
Eurent d'un jeûne austère apaisé la rigueur,
Avec un punch brûlant pour servir d'accessoire,
La mégère revint à l'atrocité noire,
Pensant que du dîner quelqu'heureux excitant
Rendrait à se venger le pasteur plus ardent :
« Ah ! dit-elle, à travers ces vitres transparentes
Vous ne verrez donc plus ces grâces innocentes
Venir dans cette cour promener leurs appas
Pour embellir le temps de vos joyeux repas !
Le son mélodieux de leurs voix sans pareilles
Ne portera donc plus le charme à vos oreilles !
Et sous ce péristyle, œuvre de votre goût,
Un autre prendra donc place en dépit de tout !
Ah ! plutôt mille fois que tout s'anéantisse,
Avant que d'endurer un si cruel supplice ;
Je l'ai dit, moquez-vous du prélat et du roi,
Et mettez votre gloire à braver toute loi.
Sans doute on vous fera la réplique importune
De profit, d'intérêt, de bien de la commune ;
Mais sachez qu'en ce cas l'avantage de tous
Doit céder au vouloir d'un homme comme vous. »

« Allez, dit le pasteur, en honorant ma table,
J'ai mesuré le trait d'un coup trois fois pendable :
Mon esprit, qui va loin, trouvera les moyens
De vaincre les grandeurs qui s'offrent pour soutiens.

S'ils pensent s'étayer sur le pouvoir suprême,
Mieux qu'eux j'ai des appuis auprès du diadème ;
Et, quand j'aurai parlé, je leur ferai bien voir
Que le blanc par ma bouche est bientôt rendu noir.
Je saurai leur prouver, sans crainte de réplique,
Qu'on a lésé d'abord les droits de la fabrique,
Et que de mon logis j'ai promis de sortir
Non pour un autre fait, mais pour un à bâtir.
Après tout, je ferai valoir ma conscience :
Ce prétexte, et j'en ai l'heureuse expérience,
A toujours couronné mes vœux d'amples succès.
De même il en sera, j'espère, en ce procès. »
    Au pasteur décidé la Discorde souhaite
Entière réussite, et s'en va satisfaite.

CHANT VIII

L'hospice et la commune apprennent tristement
Du ministre du ciel le haut ressentiment.
Cependant on l'aborde, on le prie, on le presse
De quitter la maison au nom de sa promesse.
Inutiles essais; le pasteur résolu
Fait à toute demande un refus absolu,
Prétextant des accords l'injuste inobservance.
On se tait : et bientôt vient une autre ordonnance
Par laquelle le prince en tous points consulté,
A levé sagement toute difficulté;
Son obstination n'en paraît que plus ferme.
Le prélat, à la fin, voulant y mettre un terme,
Lui prescrit d'obéir à ce royal édit,
Ou qu'il peut espérer l'affront d'un interdit
S'il n'est dans trente jours hors de la résidence,
Qu'improuvent fortement les lois de la décence.
Cette menace, hélas! n'opère d'autre effet
Que d'inspirer en lui quelque désir secret
De voir lancer bientôt le commode anathème
Pour l'aider à pousser le peuple à quelque extrême;

Résultat cependant qu'il n'eut point obtenu
D'un troupeau contre lui dès longtemps prévenu.
Mais le prélat, craignant ce dessein téméraire,
A la force civile abandonne l'affaire.
 Un officier public vient donc de par le roi
Le sommer sans délai d'obéir à la loi.
L'intrépide pasteur ne bouge plus qu'un terme ;
Dans ses mêmes raisons constamment il s'enferme,
Et l'ordre impérieux, augmentant sa fierté,
Semble doubler l'excès de sa témérité.
Ainsi, bravant des lois la force redoutable,
Il reste dans son fort toujours inébranlable,
Et prétend se montrer en tous assauts divers
L'émule du héros de la place d'Anvers.
 Dans cet état flagrant, le chef de la commune
S'étonne d'une audace en effet peu commune :
Plus chrétien que l'oint saint, il voudrait éviter
Un scandale effrayant qu'il voit près d'éclater.
Il use, mais en vain, de toute son adresse
Pour lui faire écouter la voix de la sagesse.
Le prudent magistrat tente encor la douceur
De l'officier de paix, vrai conciliateur,
Procédé dont se rit la superbe jactance
Qui ne nargue pas moins un appel à l'instance.
 Le pasteur, glorieux de sa rébellion,
Défend, dit-il, les droits de la Religion.
Pour elle a-t-il aussi la pieuse malice
De couver de ses yeux les communs de l'hospice,
Et de montrer sans cesse un important minois,
Dont on lui ferait grâce au moins autant de fois
Qu'arrêtée en son cours par la triste figure,
Sœur ou novice allait soulager la nature ?
Et si quelqu'une au guet a saisi le moment
Où du poste immoral elle le croit absent,

Bientôt la voix terrible à sa honte pudique,
Lui donne le loisir d'une longue colique.
Dans ce lieu peu décent de méditation,
En silence elle apprend la résignation,
Et le malin sourit au bruit du réfectoire
Qui de l'incluse rend l'œuvre plus méritoire.
   Mais tandis que toujours le prudent magistrat
S'efforce à prévenir le triste résultat
Que doit occasionner l'arrogance effrénée
Contre le droit divin et les lois révoltée,
Le prélat frappe enfin, contraint par la roideur
Du lévite alarmant trop longtemps la pudeur.
Celui-ci voit tomber la foudre épiscopale
Sans amender en rien sa fierté déloyale.
Le pontife avait pris, pour mieux parer au mal,
D'un jubilé les jours unis au temps pascal,
Espérant qu'un pasteur, dans ce saint exercice,
A la Religion ferait tout sacrifice,
Et qu'alors ses brebis, par ses pieux efforts,
Des célestes faveurs auraient part aux trésors.
O trop flatteur espoir! ô bonne foi trompée!
D'un si grand intérêt nullement occupée,
L'âme du bon pasteur pour son honneur froissé
Dans des biens précieux ne vit rien de sacré.
Loin de porter les cœurs au désir de ces grâces
Dont les flots abondants coulaient à pleines traces,
Hélas! il n'y chercha qu'un moyen spécieux
Pour former aisément un parti factieux.
Ne voulant cependant en encourir le blâme,
Au procureur royal il dénonce une trame
Qu'il croyait à son but être prête à servir
Pour avoir employé ses conseils à l'ourdir.
Mais, malgré ses efforts, au plus quatre bigotes
Chargèrent l'interdit d'insultes indévotes;

Car jamais l'union n'offrit en général
Un peuple d'un esprit plus sain et plus moral ;
Et l'indignation justement soulevée
Contre bien des écarts d'une tête insensée,
Bien qu'il en dût l'auteur en être châtié,
Se borna néanmoins toujours à la pitié.

Vainement on lui prêche encore obéissance :
Il est forcé, dit-il, à cette résistance
Par un point délicat de la Religion,
Et que seule connaît son érudition ;
Qu'ainsi donc le prélat avec tout son chapitre
Ne pourrait dans ce cas se donner pour arbitre,
Et que même de Rome un décret souverain
Ne le détournerait de son ferme dessein.

Cependant sur les lieux arrive un grand-vicaire
Avec un remplaçant pour le saint ministère.
Soudain à cet aspect a pâli le pasteur,
Auquel porte un régent le plus grand mal au cœur.
Sa pitance peut-être en sera presque nulle :
Ce terrible penser détruit son fort scrupule.
Et que fera, dès lors, un reste de vigueur
Contre la loi venant exercer sa rigueur.
Il ira bien cacher les clefs de son église,
Jusqu'à fin d'interdit à son gérant commise ;
Mais ce tour maladroit de l'homme mécontent
Ne pourra qu'aggraver son désappointement.
Cette réflexion, qui fut un peu tardive,
Lui présente la niche assez intempestive,
Et maint femelle appui, jusque-là son bras droit,
Lui dit qu'il a péché vraiment par cet endroit.

De ce ferme soutien l'esprit savant et sage
Occupe dignement de l'histoire une page.
Son importance ici rappelle l'intérêt
Qu'il prenait au repos d'un très bon sous-préfet,

Lorsque de sa moitié partageant la puissance,
D'un arrondissement il avait l'intendance (1).
Alors dans les bureaux ce n'était qu'une voix :
De nos dames, messieurs, ne suivons que les lois.
Aussi l'administré pour quelconque requête
Avait recours à l'une ou l'autre sous-préfette.
L'épouse impérieuse aimait à commander ;
L'autre, ayant plus d'esprit, savait mieux ordonner,
Et, semblant obéir aux vœux de la première,
De ses propres désirs faisait la part entière.
Ainsi près du pasteur, son auguste savoir
Avec lui travaillait au maintien du manoir.
A la fin pressentant dans son âme inquiète
Du vaillant assiégé la prochaine défaite,
Et déversant sur lui le triste dénouement
Par le tour maladroit du malin incident,
Elle retire alors la part scientifique
Qui le berça longtemps d'un espoir chimérique.
Bien sûre qu'après tout leur grande piété
En vain de deux esprit entretient la fierté ;
Habile, insinuante, usant de son adresse,
Elle vient proposer avant toute détresse,
Un prétexte plausible à quelque arrangement
Qu'on veut bien accorder à son grand dévoûment,
Si son héros promet tous les frais de la guerre.
, Tremblant pour les écus que sa cassette enserre,
Le pasteur soucieux y regarde à deux fois ;
Mais un traité sonnant le mettrait aux abois.
Lors, croyant de sauver et bourse et conscience,
Il quitte sans tambour sa chère résidence,
Ce fort si vaillamment, si longtemps défendu,

---

(1) Ce ferme soutien du curé était la sœur du sous-préfet.

Ce fort qui ne devait jamais être rendu.

Fier de n'avoir cédé qu'au pire des extrêmes,
Le héros s'admirait dans ses vertus suprêmes;
En dédaignant surtout le nouveau logement
Qu'il refusa toujours opiniàtrement.

Sensible à ses revers, une bonne voisine
Offre au pauvre vaincu chambre, lit et cuisine,
Jusqu'à ce que du moins il veuille se pourvoir
Du nouveau presbytère ou d'un nouveau manoir.

Volontiers le pasteur accepte l'obligeance,
Sujet d'un juste droit à sa reconnaissance.
Chambrière et cheval du maître malheureux
Ont part, cela s'entend, au bienfait généreux.
Le lévite et Javotte alors se félicitent
D'un bien inattendu que certes ils méritent.
Pensant chrétiennement qu'en toute la cité
Nul n'avait leurs vertus, et moins leur piété.

Lui surtout fut choyé chez la dame loyale,
Dont l'intérêt connu pour la gent cléricale
Lui valut le beau nom de mère du clergé,
Qui chez elle en effet était bien hébergé.

Le pasteur y passait des jours fort agréables
Qui pour la chambrière étaient non moins aimables.
Le matin, bien muni d'un très bon déjeûner,
L'oint saint patiemment attendait le dîner.
A midi très précis pompeusement coiffée
Une soupe s'offrait de mets fins entourée ;
Deux services après, flattant les appétits,
Y gagnaient les honneurs des restes bien petits.

Le soir, du bon vieux temps s'en tenant à l'usage,
Le pasteur se prenait un solide potage;
Ensuite il attaquait une entrée et deux rôts
Pour se mieux assurer un paisible repos.

Je tais de ces repas la belle symétrie,

Des desserts variés la charmante série,
Et les vins délicats de tout âge et couleur,
Et le café vermeil, et la fine liqueur.
Javotte allait, venait, sans autre chose à faire
Qu'à manger et dormir pour gagner son salaire :
Et l'animal à l'aise, avant maigre coursier,
Prenait de l'embonpoint au nouveau ratelier.

Mais pour nos deux dévots une faveur exquise
Etait ce bon logis tout proche de l'Eglise :
Deux ou trois fois par jour ensemble ils s'y rendaient,
Et là pieusement priaient ou sommeillaient.
Tous les soucis auxquels ils venaient d'être en proie
S'allégeaient forcément par tant motifs de joie ;
Deux mois s'étaient passés, et leur heureux destin
Durait sans qu'on songeât qu'ici bas tout prend fin.

Cependant le pasteur, mû par la gratitude,
A la montrer parfois employait son étude :
A son hôtesse en deuil, éprouvant la douleur
De la mort d'un parent qui fut cher à son cœur,
Il offre son crédit près la Toute-Puissance
Dont il connaît pour lui l'extrême bienveillance,
Et promet que bientôt, par l'ardeur de ses vœux.
Le défunt sera mis au rang des bienheureux.

La proposition soudain est acceptée :
De parents et d'amis a donc lieu l'assemblée ;
Le service se fait solennel et pompeux.
L'oint saint n'épargne en rien ses poumons généreux,
Et du temple sacré sa voix perçant la voûte
Arrive à l'Eternel qui, sachant hors de doute
Le désir bien ardent de son cher favori,
Avant d'être exprimé, l'avait déjà rempli.

Des efforts du pasteur la dame satisfaite
Pense devoir marquer l'attention honnête
D'aller lui présenter de cent sous six écus,

Bien qu'elle p.lisse croire à son noble refus.
« Ah! Madame, dit-il, entre nous rien ne presse ;
D'ailleurs mes droits ici, selon votre richesse,
Pourraient peut-être bien dépasser amplement
Le prix que vous daignez m'offrir en ce moment;
Mais tous vos bons égards me font une défense
D'exiger de mes soins toute la récompense,
Et, par le souvenir de vos bienfaits si grands,
De vous je ne prendrai qu'au plus cinquante francs. »
　Son hôtesse aussitôt lui compte cette somme :
« Or ça, dit-elle ensuite, écoutez, mon brave homme,
Tous mes appartements me semblent un peu courts
Pour des parents bien chers que j'attends tous les jours.
De mon affliction la triste circonstance
Leur fera près de moi prolonger leur présence;
Puis ils viennent de loin, et vraisemblablement
Ils n'auront point pensé repartir promptement.
Il faut bien leur donner un logement commode.
J'en ressens des regrets si ça vous incommode;
Mais ils seraient plus vifs, s'il n'était d'autres cœurs
Qui voudront, comme moi, vous combler de faveurs.
Mettez à vous pourvoir toute la presse extrême;
Mes visites pourraient arriver ce jour même. »
　Sur ce beau compliment il fallut déguerpir,
Etouffant en secret quelque profond soupir.
Mais le pasteur, jugeant inutile la peine
De chercher aussitôt une autre bonne aubaine,
S'en va prendre à loyer une habitation
Où l'accompagne, hélas! sa désolation.
Javotte suit de près toute blême et chagrine,
Menant par le licou la bête chevaline
Qui portait sur son poil de hardes un fardeau,
De nos deux exilés présentant le trousseau.
　L'oint saint ressent alors sa peine plus amère

D'avoir, sans réfléchir, offert son presbytère ;
Cependant il soutient ce cruel souvenir
En pensant que ses maux sont tout près de finir.
Secours des affligés, l'agréable espérance
Du pasteur malheureux soulage la souffrance.
Philippe, qui n'a pu l'expulser à bon droit,
Cessera de régner, et plutôt qu'il ne croit :
L'usurpateur, dit-il, pourrait bien de sa tête
Payer cruellement sa coupable conquête ;
S'il doit aux jours mauvais son élévation,
Il pourrait leur devoir sa déposition.
Marchant sur des volcans peut-il être sans crainte ?
Non ; et son assurance est certainement feinte.
Il arrive d'ailleurs le légitime roi
Duquel nous voulons tous suivre la douce loi. »
    Selon ses vœux ardents, le bon lévite espère
Qu'avant trente soleils le prince téméraire
Fuira devant Henri, qui saura réparer
Les maux qu'aux nobles cœurs l'autre fait endurer,
Et qu'ainsi seront nuls par légale justice
Les arrêts prononcés à son grand préjudice.
C'est pour lui maintenant qu'on dore ces lambris.
Bref, que de sa maison on fait un paradis.
Il va se voir enfin en pleine jouissance
D'un séjour dont le prive une injuste puissance,
Et tranquille goûter, malgré ses ennemis,
Tout plaisir, toute joie et tout honneur promis
A ceux qui comme lui se fondent en prières
Pour que Chambord arrive au trône de ses pères.
O trop flatteur espoir ! douces illusions !
Prodiguez-lui du moins vos consolations !
Que par vous sa santé soit toujours bien fleurie,
Et qu'en vous, s'il le faut, il termine sa vie.

POÉSIES DIVERSES

A Messieurs les Membres du Bureau
de Bienfaisance d'Issigeac

Vous qui de la bienfaisance
Goûtant les pures douceurs,
Chez la plaintive indigence
Courrez arrêter les pleurs ;
Mortels, ainsi comparables
Aux divinités aimables
Qui font l'ornement des cieux,
Ma muse en vain vous admire
Sans le secours de la lyre
Qui convient au chant des dieux.

Mais si cette noble tâche
Est trop pénible pour moi,
Je sais au moins sans relâche
Vous envier votre emploi.
A ces mots, âmes sensibles,
Ne vous montrez point passibles
D'un sentiment douloureux,
Lorsqu'ainsi je me présente
Epris de la douce attente
Que vous remplirez mes vœux.

Déjà sans ressource aucune,
Ou par des moyens fortuits
Je soulage l'infortune,
Et mieux que je ne le puis ;
Pardonnez si je m'arroge
Malgré moi ce vain éloge ;
Je dois le dire aujourd'hui,
Pour bannir de la pensée
Que mon âme intéressée
Vous offre un nouvel appui.

Selon le bien qu'il peut faire,
Chacun envers le prochain
Doit en agir comme frère ;
Et voilà tout mon dessein :
Si de la faveur céleste
Jusqu'à présent il me reste
Quelques utiles talents,
Qu'au but que je me propose
Votre sagesse en dispose
Pour trois petits indigents.

A servir au sanctuaire
Ces jouvenceaux façonnés
Pourraient au saint ministère
Un jour être destinés.
Lors, si leur intelligence
Secondait ma vigilance,
Je leur donnerais gratis,
Avec la langue latine,
De la science divine
Le peu que j'aurais acquis.

Les Elèves de M. Dumas, instituteur à Issigeac, à Monsieur le Préfet du département de la Dordogne.

Toi, ministre éclairé du plus juste des princes,
Toi qui sais recueillir l'amour de ses provinces,
Toi par qui désormais nous chérirons ses lois,
O Bellisle, un moment daigne écouter nos voix.
Ne pense pas d'abord qu'une muse peu sage
Prétende à tes vertus offrir un digne hommage :
Bornés à leurs désirs, de faibles nourrissons
Ne pourraient s'élever à d'assez nobles tons.
Seul auprès de ton cœur le respect nous amène
Pour dire au magistrat le sujet d'une peine :
S'il pouvait l'adoucir par ses soins généreux,
Qu'il serait bien content ! il ferait des heureux.
Le soleil a huit fois recommencé sa course
Depuis que nos parents, désirant la ressource
D'un maître connu propre à l'éducation,

Purent monter enfin une institution.
Nous te parlerons peu du chef qu'ils nous élurent ;
Il vint avec plaisir, de même ils le reçurent :
Nos sons reconnaissants pourront en d'autres temps,
Comme eux, rendre justice à d'utiles talents.
Il commence, et bientôt nos premiers exercices
Montrèrent de ses soins les heureuses prémices.
De nos auteurs charmés les tendres rejetons
Se formaient sous leurs yeux par de bonnes leçons.
On espérait beaucoup de leurs progrès rapides ;
On ne les voyait point par des mots insipides
Répondre à des questions qu'ils n'entendissent pas ;
Notre guide savait assurer tous nos pas.
Ah ! que n'avons-nous pu, dans un état tranquille,
Occuper un local affermé par la ville !
Mais bientôt son budget n'offrant plus aucun droit,
Et les moyens du chef étant trop à l'étroit
Pour parer au loyer d'un logement commode,
D'y pourvoir après tout ne voyant aucun mode,
Ce maître allait ailleurs utiliser son art.
Nos parents alarmés arrêtent son départ :
Ils promettent, malgré les torts de la fortune,
De remplacer les fonds fournis par la commune.
Hélas ! un temps mauvais abrégea ces secours.
A tes prédécesseurs on eut alors recours.
Ceux-ci ne paraissant qu'un moment à leur place
Des papiers oubliés grossissaient la liasse ;
Et par là notre chef, à bon droit soucieux,
Nous fait craindre toujours d'abandonner ces lieux.
Défrayé du loyer, il aurait fait l'avance
Du mobilier requis au bel art de science,
Où l'élève joyeux, par son égal instruit,
Lui dispute et partage aussitôt l'heureux fruit.
　　Peut-être pourrons-nous tout espérer encore,

Alors que du bonheur nous revoyons l'aurore.
Oui, pour nous les beaux jours reluisent aujourd'hui ;
L'envoyé de Louis (1) deviendra notre appui ;
De ce roi bienfaisant il est la vive image,
Il efface les maux trouvés sur son passage,
Il voudra secourir de faibles arbrisseaux
En fixant le soutien qu'il faut à leurs rameaux.
Il verra de ses yeux qu'une terre étrangère
Leur promettrait en vain un avenir prospère,
Sans porter avec eux l'aliment abondant,
Difficile à puiser d'un sol insuffisant.

Illustre magistrat, quand ta main généreuse,
Pour tes administrés bien loin d'être onéreuse,
Se plaît à leur verser tant d'utiles bienfaits,
Vois notre état critique, et remplis nos souhaits.
Nous ne disons rien d'une reconnaissance
Que tes hauts sentiments forceraient au silence ;
Mais il sera permis à des enfants heureux
Au moins d'unir aux tiens, en secret, tous leurs vœux.

ÉTRENNES DU 1er DE L'AN 1818

A Monseigneur l'Evêque d'Angoulême

Non omnes arbusta juvant humiles que myricæ
At te præsul, adhuc carmen agreste juvet. (Virgile)

Prélat, ma muse à son aurore
Vous vit sourire à ses pipeaux ;
Aussi vous ose-t-elle encore
Porter les vœux de nos hameaux.

---

(1) Louis XVIII, alors régnant.

Plaisir, amour, respect, hommage,
A l'envi tout vient les former :
L'embarras seul est le langage
Qu'on emploiera pour s'exprimer.

L'on connaît que votre présence
Exige de mâles accents,
Et surtout la reconnaisance
Tient qu'on vous offre un digne encens.

O ma muse, comment suffire
A remplir un si haut projet,
Toi qui jamais ne pris la lyre
Qu'il faut pour un noble sujet?

Mais va, l'auguste personnage
Ecoutera tes faibles sons ;
Sachant qu'on ne peut davantage,
Il daigne agréer tous les tons.

Laisse aux cités de l'ode altière
Briller le pompeux ornement ;
L'habitant de l'humble chaumière
Aime fort et dit simplement.

Oui, grand Prélat, dans nos retraites
De vos vertus quelque récit
Fait des moments autant de fêtes,
Où rien n'est aux frais de l'esprit.

Mais du plaisir qui nous transporte
Jugez surtout, quand nous savons
Que votre fermeté l'emporte
Sur les coupables factions.

Ainsi, lorsqu'un affreux nuage
Vient obscurcir un beau soleil,
L'astre immobile voit l'orage
Et s'offre bientôt plus vermeil.

L'envie, monstre à mille têtes,
A donc beau troubler l'horizon,
Louis vous voit tel que vous êtes;
Tout cède à l'œil de sa raison.

Tranquille aux mêmes pâturages,
Paissez vos fidèles brebis :
Ceux qui méditaient des ravages
Sont muets et tout interdits.

Mais sur quelle plage isolée
Vous poussaient leurs folles clameurs?
Les insensés! quelle contrée
Pouvaient-ils trouver sans nos cœurs?

A Mademoiselle M. C.

Les maux assiégeant les beaux jours
Voudraient en vain laisser des traces
Sur ce teint où je vois toujours
Le lys, la rose et les amours
Rivaliser avec les Grâces
A qui te donnera les plus brillants atours.
Ainsi, Mimi, sois sans alarmes,
Nous chassons aussi nos soucis,
Puisque d'aussi fiers ennemis
Ne peuvent rien contre tes charmes.
Faut-il donc s'étonner que tes nombreux amis
A tes attraits rendent sitôt les armes!
Mais parmi tant d'adorateurs
Empressés à t'offrir leur cœurs,
Quel est l'heureux mortel qui fixe ta pensée?
Un nouvel Adonis à des traits enchanteurs
Dont ton âme sensible est peut-être blessée!
Mais toi, mère d'amour, accomplis ton destin :
Souviens-toi que Vénus fut unie à Vulcain ;
Elle regarda peu son affreuse disgrâce.
Celui qui l'appelle à ses vœux,
Bien différent du dieu boiteux,
A dans son port facile une plus belle grâce ;
Deux regards expressifs sur une noble face
Peignent le naturel des sentiments heureux.
Il est loyal, aimable, généreux ;
Chez lui l'esprit orné tient une vaste place,
Et de son art les plus beaux feux

Sont ceux par lesquels il efface
Toute la vive ardeur des romans amoureux.
Seule l'utile agriculture
Met en mouvement ses marteaux,
Et jamais, non jamais, on ne vit ses fourneaux
Effrayer la triste nature,
Comme ces ouvriers à l'horrible figure,
Qui forgeaient sous l'Etna dans leurs bouillants caveaux
Du terrible Jupin la foudre et les carreaux (1).

Allons, Mimi, ne sois plus si sévère :
D'une muse qui t'aime écoute la prière ;
Sans t'en douter tu la fais soupirer,
Et puisque tu sais l'inspirer,
Elle ne peut te paraître étrangère.
J'ai connu cependant qu'elle t'est bien peu chère :
Je la vois quelquefois vainement désirer
De pouvoir près de toi plus longtemps respirer ;
Un sujet monotone, une froideur altière
Hâtent d'une façon amère
Le moment de se retirer.
Il est vrai, néanmoins, que toujours à ta vue
Elle a paru sous une forme nue.
Mais pour des intérêts qui te sont précieux,
Elle aurait dû te voir un air plus gracieux.
Au reste, désormais, condamnons au silence
Et son malaise, et ton indifférence,
Et concluons pour ton bonheur
Qu'il te faut à Gaspard déterminer ton cœur.

---

(1) Le prétendant était boulanger.

Les habitants de Montpazier à M. Lasserre

grand-vicaire de Périgueux, directeur des missions du diocèse, et à
ses dignes collaborateurs.

Envoyés du Très-Haut, ministres dont le zèle
Sut rendre en peu de jours tout un peuple fidèle ;
Célestes médecins, dont les soins généreux
De nos cœurs ont guéri les maux les plus affreux,
Du droit fermes soutiens, vous dont la voix terrible
A nos yeux étonnés chassa ce monstre horrible
Qui d'un secours fatal montrant les faux attraits,
Dans le sang du malheur s'abreuvait à longs traits ;
Vous, d'un autre fléau destructeurs charitables,
Fléau dont les fureurs d'autant plus redoutables,
Dans des cœurs ulcérés irritant le poison,
Ne laissaient entrevoir remède ni saison ;
Etres si bienfaisants, agréez pour hommage
De tous nos sentiments le trop faible langage.
Que ne pouvons-nous mieux par un juste retour
Vous peindre tout le feu d'un réciproque amour !
Un prix, nous le savons, est dans votre belle âme ;
Non, nous n'ignorons pas le plaisir qui l'enflamme ;
Elle trouve sa joie à semer les vertus
Qui nous ont fait du ciel les sentiers plus connus.
Vous sauvâtes ainsi notre aveugle faiblesse
Des ennemis puissants qui l'abusaient sans cesse,
Et la grâce, docile à vos nobles efforts,
Ouvrit à nos besoins ses plus riches trésors.
Pour notre gratitude il reste trop à faire,

Au ciel nous remettons le soin d'un tel salaire ;
Lui seul peut l'acquitter, et Montpazier heureux
L'implore d'exaucer le plus cher de ses vœux.

A Maria X.

Lorsque, tout enchanté, je vois sur le Parnasse,
    Au siége même d'Apollon,
    Briller une nouvelle Grâce
Dont la lyre, entonnant toujours un tendre son,
    Augmente ainsi les effets de ses charmes,
    Je me plains, je verse des larmes,
Et je reproche au sort les feux que Cupidon
En moi pour elle allume en tardive saison.
Hélas ! dis-je, jamais ne reluira l'aurore
Qui de mes premiers ans éclaira les beaux jours !
Ah ! qu'ils eussent été bien plus heureux encore,
Si j'eusse alors connu l'esprit et les atours
Que, malgré mes hivers, éperdûment j'adore,
Et qui sur mon printemps me font pleurer toujours.
Pourquoi lors, ô destin, ne pas donner naissance
A l'objet qui me fait en former des regrets ?
Ou plutôt, que n'as-tu tardé mon existence
Jusqu'au temps où la sienne occupa tes projets ?
Mais tu railles, cruel, mes plaintes inutiles ;
Tu laisses dans mon cœur, abusé par l'amour,
    S'enflammer des désirs stériles,
Et par toi tous mes sens, bien qu'ils soient trop débiles,
Sont forcés d'être épris, sans espoir de retour. »
  Ainsi le triste Alix déplorait sa disgrâce,

Quand du sommet du mont une voix lui cria :
Arrête, fol Alix, une coupable audace ;
Renferme ton amour et les ans dans leur glace,
Et bref, sache qu'ainsi l'exige Maria.

ÉTRENNES DE 1822

A M. Laplène

Vous qui ne vous produisant guères,
Occupez vos doctes loisirs
D'utiles et nobles affaires,
Et non des frivoles plaisirs
Que dans nos cercles ordinaires
Vont rechercher de vains désirs,
Voudrez-vous un moment, judicieux Laplène,
Entendre un inconnu des sœurs de Melpomène,
Qui veut mettre pourtant des mots à leur niveau
Et même oser vous en faire un cadeau.
J'avoue bien que sa licence
Doit lasser votre patience.
Peut-être pourrez-vous mieux souffrir son aspect,
Malgré ce ton peu circonspect
Envers vous et Phébus, grand recteur d'éloquence,
Quand vous saurez que la reconnaissance,
Avec l'estime et le respect,
Présente à nos vertus, à votre bienfaisance,
Cet hommage humble et peu suspect.
Par là cédant au penchant qui m'entraîne

En ce discours plus sincère que beau,
Je vous donne les fruits d'un débile cerveau
Que n'humecta jamais l'eau claire d'Hippocrène;
Mais suivant du hasard une route incertaine,
Je crois que c'est bien là vous offrir du nouveau,
Et je ne pouvais mieux vous faire votre étrenne.

Etrenne des élèves de M. Dumas à leur directeur

Cher directeur, une nouvelle année,
Dans ce moment que hâtaient nos désirs,
Nous fait toucher à l'heure fortunée
Où nous goûtons le plus doux des plaisirs.

C'est de montrer notre reconnaissance
A votre zèle, à votre charité;
C'est d'assurer votre tendre obligeance
D'un dévoûment aussi fort mérité.

Si cependant notre joie altérée
Voudrait encor nos cœurs plus satisfaits,
C'est que pour eux notre voix trop bornée
N'en peut ainsi remplir tous les souhaits.

Ah! veuillez bien agréer cet emblème
Trop faible, hélas! pour nos expressions!
A notre acquit daigne l'Etre suprême
Verser sur vous ses bénédictions.

Les élèves de l'institution primaire de Montpazier
à Sa Grandeur Mgr de Lostanges, évêque de Périgueux

Auguste oint du Seigneur, qu'à bon droit l'on révère,
Pontife bienfaisant, ô doux et tendre père
Qui sans cesse veillez au sort de vos enfants,
Agréez de ceux-ci les vœux reconnaissants.
Ils ne peuvent assez, dans leur joyeuse ivresse,
Vous montrer les transports de leur vive allégresse :
Qu'il nous est glorieux qu'un prince des pasteurs
Vienne sonder ici nos progrès et nos cœurs !
Puisse-t-il s'assurer dans son âme attendrie
Que tous ces nourrissons, l'espoir de la patrie,
Malgré le souffle impur de ces temps corrompus,
Croissent paisiblement à l'ombre des vertus ;
Et qu'à la loi de Dieu les sciences dociles
En forment pour leur roi des citoyens utiles !
 Quand ici le talent désire être chrétien,
A vous, pieux prélat, nous devons ce grand bien.
Votre aide, plein de zèle aux soins de la jeunesse,
Nous prêche constamment l'amour de la sagesse.
Nos dignes magistrats, secondant vos bienfaits,
Travaillent de concert à remplir vos souhaits.
En toute occasion chacun de nous contemple
Le précepte donné d'accord avec l'exemple ;
Et pourrions-nous encore avoir perdu les fruits
Par vos chers envoyés si largement produits !
 Oh ! qu'ils parurent courts ces beaux jours des merveilles
Où l'on vit s'opérer des œuvres sans pareilles.

La haine invétérée, abjurant tout son fiel,
S'empressa de chercher le vrai chemin du ciel,
Et d'un juste censeur la voix ferme et terrible
Aux regards étonnés chassa ce monstre horrible
Qui, d'un secours offrant les perfides attraits,
Dans le sang du malheur s'abreuvait à longs traits.
　　Tant de bien signalés, transmis à la mémoire,
Feront, illustre apôtre, à jamais votre gloire.
Et voués à l'auteur de ces nobles travaux,
Nos cœurs, par son amour soustraits à mille maux,
Elèveront au Dieu de toute récompense
Les vœux les plus ardents de la reconnaissance.

A. M. X.

Qui avait demandé à l'auteur des rimes en ant.

　　Je voudrais répondre vraiment
A votre honnête compliment.
Au hasard ma plume s'y prend,
N'importe mon rhume assommant,
Mais aux conditions pourtant
Que vous serez très indulgent
Pour le ton hardi qu'entreprend,
Malgré son formel dénûment,
Mon pauvre esprit qui forcément,
Victime d'un dieu foudroyant,
Va rimailler des bouts en ant,
Le tout pour surcroît de tourment.
　　Oh! qu'il est pénible et cuisant

D'avoir un débile talent
Sujet à l'état variant
D'un trop mauvais tempérament!
Pour lors de sa langueur riant,
Maître Apollon vient l'obsédant,
L'enlève jusqu'au firmament
Et le précipite à l'instant
Pour que sa chute, en l'écrasant,
Soit le châtiment éclatant
D'un esprit fort qui mieux portant
Fut parfois trop entreprenant.
J'avoue, Phébus, hautement
Ta gloire et mon fracassement.
Ainsi je vais, clopin-clopant,
Trouver, s'il se peut, maintenant
Un ami fort intéressant
A qui j'étais en commençant;
Et fais qu'avec lui promptement
J'aie fini tout compliment.

Mais quoi donc! et jusques à quand
Prétends-tu tyranniquement
Exercer ce tiraillement
Sur mon faible esprit gémissant?
Ah! je te supplie instamment,
Use de ton pouvoir puissant
Avec plus de ménagement.

Pour mettre fin à mon tourment,
Pour le coup, je crois fermement
Que j'aperçois un revenant :
Oui, c'est mon génie vraiment.
Que veut-il d'un air menaçant?
Diable! des bas lieux l'habitant
N'a pas le ton accommodant,
Et me reproche amèrement

De n'avoir pas entièrement
Rendu son dernier mouvement.
Il est vrai ; mais j'ai prudemment,
Pour épargner apparemment
A votre oreille un tintement,
Oublié ce dont cependant
Je suis très bien ressouvenant,
Car mon intérêt s'y comprend.
Le voici : c'est que le galant
Offrait, et le plus ardemment
Qu'il le pouvait en ce moment,
A l'objet trop intéressant
Qui de vos jours fait l'agrément,
Mon respectueux dévoûment.

Etrenne des élèves des dames religieuses de l'hospice de Montpazier

à M. Lasserre Gonthieu, grand vicaire de Périgueux et supérieur dudit hospice

(Vers demandés à M. Dumas)

Vous que sut distinguer un illustre exilé,
Vous qu'un autre Prélat, non pas moins vénéré,
Prit aussi pour guider sa marche difficile ;
Vous dont le beau talent, maîtrisant l'indocile,
Lui fait de l'Eternel craindre et chérir les lois,
O Lasserre, agréez cet essai de nos voix.
Ce n'est pas cependant qu'une muse peu sage
Pense à votre mérite offrir un juste hommage ;

Bornés à leurs désirs, de faibles nourrissons
Ne pourraient s'élever à d'assez nobles tons.
Mais un doux sentiment près de vous nous amène
Pour vous faire en ce jour, de la sorte une étrenne
Dont nos cœurs à l'esprit disputent tous les frais.
Si vous daignez sourire, ils seront satisfaits.

Eh ! comment les accents de la reconnaissance
Tairaient-ils les faveurs de votre bienveillance,
Quand des âpres hivers les glaçons, les frimats,
Pour remplir nos souhaits n'arrêtent point vos pas !
C'est peu que tant d'efforts : votre âme généreuse,
Voulant rendre longtemps cette demeure heureuse,
Sous un titre bien cher se fait voir aujourd'hui ;
Les servantes du pauvre auront donc un appui !
Pour répandre le bien, pour brûler d'un saint zèle,
Pouvaient-elles avoir un plus parfait modèle ?
Ainsi donc à la fois l'asile du malheur
Dans son auguste chef voit un consolateur.

C'est nous surtout, c'est nous, jeunes plantes débiles
Qui, croissant dans ces lieux en charité fertiles,
Sous un tel protecteur recueillerons en paix
Les fruits si précieux de vos mille bienfaits.
Oui, nous reconnaissons le zélé, le bon père
Qui partage les soins d'une aussi tendre mère ;
Vos pieuses leçons qu'on aime à méditer,
Et vos rares vertus qu'on tâche d'imiter,
Sont le tableau frappant où nos maîtresses sages
Nous font apercevoir les plus beaux avantages.
Ainsi l'exactitude à l'acquit du devoir
Sur la route du bien nous montre le savoir.

Que de grâces nos cœurs !...... Mais ici l'impuissance,
S'opposant aux élans de la reconnaissance,
Ne permet en ce jour à vos enfants heureux
Que d'unir en secret aux vôtres tous leurs vœux.

A mad. X.

Vous à qui les fruits de ma muse
Jusqu'à présent sont inconnus,
Puisqu'en vain elle se refuse
De s'exposer à vos rebuts,
Pourrez-vous bien accepter son excuse
D'oser paraître à vos yeux prévenus?
Votre amabilité qui toujours nous enchante,
Les agréments de votre esprit,
Et cette tournure élégante,
Où le pinceau se perd dans le trait qu'il décrit;
Tant de motifs sont la force puissante
Qui l'arrache au repos qu'elle s'était prescrit.
Non qu'elle, en ce frivole écrit,
Prétende au titre de savante,
Quand d'avance comme ignorante
La prévention la proscrit;
Fut-elle d'Apollon la plus belle compagne,
On la croirait sortant des plus sombres réduits,
Et peu propre en effet à charmer vos ennuis
Sans les vrais sons de l'heureuse Champagne
Qu'aujourd'hui l'on entend vers la froide Allemagne
Où, d'après un bruit sourd, le sort les a conduits.
Cesse donc de parler, muse trop malheureuse,
Tous les attraits auraient beau t'inspirer,
Tu verrais, ô douleur! peut-être déchirer
Ces tristes fruits qu'une verve trompeuse
Ne te fait mettre au jour, hélas! que pour pleurer.

A M. Dumas, chef d'institution à Montpazier

M. DE SIXTE, INSPECTEUR DE L'ENREGISTREMENT

Mon faible esprit devant votre fécondité,
Admirable Dumas, recule épouvanté.
Oserai-je avec vous jamais entrer en lice !
Déjà des spectateurs j'entrevois la malice.
Ah ! je tremble à l'aspect d'un rival tel que vous ;
De grâce, laissez-moi me soustraire à vos coups.
Célébrez les attraits d'Adèle et d'Amélie,
    Elles sont dignes de vos chants ;
    Mais êtes-vous donc sans accents
    Pour l'intéressante Zélie !
Envers elle pourquoi montrer tant de froideur ?
Son timide regard, son gracieux sourire
    Ne peuvent-ils émouvoir votre cœur !
    Faites vibrer en son honneur
    Votre mélodieuse lyre ;
Vous la rendrez pensive, et sa bouche, tout bas,
Souvent murmurera le doux nom de Dumas.

A M. de Sixte, inspecteur de l'enregistrement

qni avait encore demandé à l'auteur des vers pour Mlle Lucie

N'auras-tu donc pitié de ma faiblesse extrême ?
Sixte, soixante hivers et ma muse si blême

Offrent, je le répète, un bien triste secours
Pour chanter le printemps, les ris et les amours.
Tu vis ses vains essais pour Adèle et Zélie ;
Seraient-ils plus heureux pour la tendre Lucie?
Tout ce qui peut mouvoir la sensibilité
Est bien uni chez elle à l'amabilité ;
Mais quand des beaux présents que lui fit la nature
Je pourrais te tracer la fidèle peinture,
Quand je pourrais compter sur de puissants efforts
Pour égaler Orphée en ses divins accords,
Quand mes chants, en un mot, seraient une merveille,
Ils ne s'attendraient point à flatter son oreille ;
Aujourd'hui tout entière à l'objet de son cœur,
Elle aurait pour mes vers une sèche froideur ;
Peut-être obtiendraient-ils de son indifférence
Pour toute grâce, excès de trop de complaisance.
Un merci, que suivrait un sourire moqueur,
Comme prix assez bon pour un vieux radoteur.
Laissons, laissons Lucie, en celui qu'elle adore
Du bonheur qui l'attend envisager l'aurore ;
C'est de ce seul objet que les tendres accents
Peuvent lui présenter un agréable encens.
Pour elle cependant, sans secours d'une lyre,
Mon cœur l'exprimera tout ce que je désire :
C'est qu'hymen toujours beau. filant des jours heureux,
Réponde à son égard à l'ardeur de mes vœux.

Enfin, donne à ma muse un repos nécessaire ;
Déjà depuis longtemps elle aurait dû se taire.
Mais elle va cesser de se voir tourmenter.
Que dis-je ! ton départ ne peut la contenter ;
Il lui serait pourtant d'une joie infinie
Si celle de mon cœur s'y trouvait réunie.
Ainsi, mêlant tous deux leurs plaisirs, leurs hélas,
Ils te rappelleront à l'esprit de Dumas.

A Elisa L.

Elisa, vainement j'appelle
Une muse insensible à mes ardents désirs :
Loin de me procurer les plus heureux loisirs
En m'aidant à former la grâce toute belle,
Où les trois sœurs, je crois, ont mis tous leurs plaisirs,
Elle me répond, la cruelle,
Qu'elle n'écoute point mes cris ni mes soupirs.
A toute fin je prends la hardiesse
De demander raison de ce refus :
La voici, me dit-elle : alors que j'intéresse,
Tes vœux à mon secours ne sont point superflus ;
Je ressens tout le feu près d'embraser ton âme ;
C'est un mal qu'il nous faut en silence endurer.
Mais à quoi bon chanter l'objet qui nous enflamme,
Quand nous avons passé le beau temps d'inspirer.

A. M. Laplène

ex-juge de paix et avocat à Montpazier

Les eaux, les boues et les vents
Prêtent secours à maintes gens
Pour voiler décemment leur ruse,
Ou légitimer leur excuse
De ne pouvoir venir à temps

Faire de tardifs payements.

    C'est pourquoi donc je vous accuse
Qu'ayant besoin dans ce moment
D'acquitter un engagement
Qui tombe, si je ne m'abuse,
Demain, sans nul retardement,
Il faut que de vos bontés j'use,
Et vous demande ingénûment
De vos francs tout au plus un cent,
Dont je promets foi de ma muse,
Vous faire le remboursement
Dans le trimestre exactement.

    Agréez pour ce bon office
L'hommage bien reconnaissant
De celui qui, sans artifice,
Quand bien même les fonds manquant
Vous interdiraient ce service,
Se dirait après comme avant
Votre ami sincère et constant.

A M. Landon

    Toi qu'à juste droit on révère,
Digne héritier des vertus de ton père,
Magistrat, l'ornement de ton heureux canton,
    Reconnaîtras-tu, cher Landon,
Les accents d'une muse en ce jour étrangère
    Aux échos de ces beaux valons
Où jadis près de toi j'essayais quelques sons ?
    Lorsque, de toutes parts, on me vante, à la gloire,
De ton cœur délicat la si noble action,
Puis-je seul, inactif dans l'admiration,

Ne pas livrer ton nom au burin de l'histoire,
Et du ciel invoquer la bénédiction
    Sur une œuvre aussi méritoire !
    C'est peu que tes soins généreux
Aient soulagé les maux d'un homme vertueux
    De qui reçut son illustre naissance
L'objet intéressant que de saints et beaux nœuds
    Unirent à tes jours heureux,
    Et dont l'extrême bienfaisance,
    Qui mit toujours entre vous deux
    Une si vive ressemblance,
Força mes chants les plus affectueux
D'élever les cent voix de ma reconnaissance
Vers l'Etre qui peut seul combler de justes vœux.
    Ta carrière assez embellie
Devait briller encor par ce précieux don,
    A l'emploi duquel porte envie,
    Comme le tien, tout cœur sensible et bon.
Des neuf sœurs cependant un faible nourrisson
Ne prétend pas ici blesser ta modestie :
Eh ! pourrais-je chanter sur un assez haut ton
De tes chers intérêts le si noble abandon,
Et cet acte divin qui couronna la vie
Du pasteur vénéré dont la saine raison
Vit que la volonté d'un céleste génie
    Ne serait dignement remplie
Que par l'auguste fils du vrai sage Landon.

A Louis-Philippe Ier, roi de France

Lorsque de toutes parts on te dépeint l'horreur
Qu'inspira d'un forfait l'indicible noirceur,

Alors qu'à tes côtés d'innocentes victimes
Tombèrent sous le fer de vils suppôts de crimes
Qui, lançant mille dards dirigés contre toi,
Voulaient nous ramener l'anarchie et l'effroi,
Philippe, un être obscur, mais aimant sa patrie,
Qui pour nous vit du ciel la clémence infinie,
Quand il te suscita dans nos jours douloureux,
Te montre aussi sa peine et l'ardeur de ses vœux.
Il a déjà béni l'auguste Providence
Qui, veillant sur tes jours pour sauver notre France,
D'infâmes assassins sut détourner les traits
Volant exécuter leurs sinistres projets.
Comme toi je donnai de bien amères larmes
A tant de malheureux percés d'indignes armes,
A ce héros surtout trente ans en lutte au sort
Dans les chants glorieux où moissonnait la mort.
    Ah! daigne le Dieu bon, à nos désirs propice,
Toujours des noirs complots déjouer l'artifice,
Et contre toi, grand Prince, et tes nobles enfants,
Rendre ainsi des pervers les efforts impuissants.
Puissions-nous voir enfin vos précieuses têtes,
En paix et dans la joie, orner nos belles fêtes!
Et puissent nos neveux, au comble du bonheur,
Chérir tes rejetons, comme nous leur auteur!

——————

A M. A. Perry

Un rhume bien gros et constant
M'ayant muni de bonne exoine,
Pour ne pas m'exposer au vent

Qu'avant-hier nous donnait si froid, si véhément,
  Le précurseur de saint Antoine,
Je me tins clos et coi dans mon appartement.
  Piqué très vraisemblablement
De ne pas me trouver au poste en arrivant,
  A mon insu notre saint moine
  S'esquive hier adroitement
  Avec son velu patrimoine
  Qui, passant aussi sourdement,
  Ne fit pas même un grognement.
Aujourd'hui, mais trop tard, soupçonnant l'artifice,
Du voyageur furtif j'ai connu la malice.
  Que ferai-je en ce contretemps?
Comment m'y prendre? O muse impératrice,
Toi qui parfois pris part à mes tourments,
  A mes moyens trop impuissants
  Prête encore un secours propice

(La fin n'a pu être retrouvée.)

Charade

  Mon premier se voit en grammaire,
  Mon second avant le dessert;
De mon tout la présence à mon âme est bien chère.
Mais n'en pouvant jouir, une muse me sert
A calmer les ennuis que la distance opère.
Marot, j'en ai trop dit, me voilà découvert

Autre

Mon premier sert au pâtissier,
Et mon second à la musique ;
Et de mon tout l'instinct économique
Apprend aux jeunes gens à faire son métier.

.Autre

Et mon premier et mon second
De deux ruisseaux ont fait le nom,
Et mon tout est une rivière
Où Neptune parfois, qu'on dirait en colère,
Laisse échapper son plus fameux triton.

Autre

En Chine, en la saison ardente,
On voit fréquemment mon premier ;
Le marin cherche mon dernier
S'il redoute des vents la fureur violente,
Et Maria, dans mon entier,
A déjà vu ce que je lui présente.

Les Élèves de M. Dumas

A M. le Maire de Montpazier

Au jour de sa fête

Digne et bon magistrat, ce beau jour nous rappelle
Le plaisir de louer vos vertus, votre zèle,
Et de vous témoigner par nos ardents souhaits
Tout ce que nous devons à vos nobles bienfaits.
Daigne le Tout-Puissant, à tous ces vœux propice,
Vous compenser pour nous avec toute justice,
Et, reculant longtemps le terme de vos jours,
De bénédictions en semer tout le cours.

A Mad. Lorchat

(Vers commmandés)

On veut, Lolotte, que ma muse
En public t'exprime ses vœux;
Ce n'est pas ainsi qu'elle en use
Pour ceux qu'elle désire heureux.
Cette lutine intéressée
Dans les souhaits de ton bonheur
Eût bien publié sa pensée,
Mais elle aurait trahi mon cœur.
    Dans une froide indifférence
Si l'interprète maladroit
Voit la cause de mon silence,

Déplorons son génie étroit.
Sache donc que je rends hommage
A tes vertus, à tes attraits.
Volontiers je tiens ce langage :
Pour mes sentiments, je les tais.

Charade

Dans un piètre animal va chercher mon premier ;
Le parasite peut juger de mon dernier
Par le froid ou l'accueil aimable
Que dès l'abord lui fait le cuisinier.
Chez l'infirme indigent, hélas ! est mon entier.

Autre

Mon premier est un animal,
Et mon second sert de passage ;
Mon entier peut causer un mal
Dont on se passerait, et surtout au visage.

Autre

Que l'on dise de mon premier
Qu'il est un être vil, hideux et même immonde ;
Que les grammairiens à science profonde
Sur la valeur des mots, disent de mon dernier
Qu'il marque le mépris s'il n'est pas famillier ;
Je soutiens, moi, que dans le monde
Rien n'est plus beau que mon entier.

Enigme, à Amélie X.

Quoique l'on nous ait tant vanté
De ses jours la longue rotonde,
Sans moi Mathusalem n'eût jamais existé,
Ni toi-même, Amélie, et, plus est, ni le monde.
Après ta recherche profonde
Si je me cache encore à ta sagacité,
Dans le sein d'un ami puise la vérité,
Et sans doute tu dois en avoir un bon nombre ;
Tu me trouveras donc dans cet heureux amas.
Si je te suis encore une ombre,
Maman de ton esprit peut détruire le sombre ;
Alors tu me verras dans le cœur de Dumas.

Charade

Quand mon premier devient fortement mon dernier,
On lui donne pour lors le nom de mon entier.

A Vergnol

Comme d'une aimable voisine
J'ai chanté les hautes vertus,
Vergnol croit qu'une autre Augustine
Peut m'offrir un sujet de plus.
Il a raison et je l'engage
A me fournir toujours des traits
Dont ma muse avec son langage
Se plaise à compter les attraits.

Mais pour chanter sa modestie,
Et son esprit et sa douceur,
Ma tâche sera tôt remplie
Puisque déjà j'ai peint sa sœur :
De toutes deux les mêmes charmes
Peuvent enflammer mêmes vœux ;
Quand à l'une on cède les armes,
Pour l'autre on sent les mêmes feux.

S'il est vrai que pour la première
On m'ait d'abord mis en erreur,
Ma muse n'en est pas moins fière
D'avoir souhaité son bonheur.
Je veux, s'il faut, pour Augustine
Errer avec mêmes désirs ;
Pour elle la faveur divine
Veuille amener mêmes plaisirs.

Mais quoi donc, ma muse soupire
En parlant de ces deux objets ;
Va-t-elle se faire un martyre
Pour la tourmenter à jamais !
Vergnol, tu ris de la franchise
Que je t'exprime dans ces vers ;
Trève un moment à ta surprise :
Flore parfois s'ouvre aux hivers.

6

A X.

Nymphes de l'heureuse Alémance,
Tenez vos ondes en repos,
A vos sœurs de la Virolance
Disputez la lenteur des flots.
Ensemble admirez les deux grâces
Qui près de vous font leur séjour.
Hélas! sur le sol de leurs traces
Autrefois je connus l'amour.

Enigme

Dès qu'il est né, l'homme m'éprouve
Et je suis toujours dans l'enfant ;
Plus d'une fois en grandissant,
S'il me connaît, il me retrouve,
Mais il ne peut de moi se passer en mourant.
Cependant que mon sort paraîtra bien bizarre :
Le petit me refuse et m'abandonne au grand,
Le noble dédaigneux me renvoie au manant,
L'homme érudit me pousse chez l'ignare,
Le stupide chez le savant,
Et le prodigue chez l'avare.
Croira-t-on qu'en repos je me trouve à la fin?
Et non, grands dieux! Je suis toujours en nage,
Car je suis sans cesse en voyage

Et je ne puis jamais m'arrêter en chemin.
Tantôt je suis aux bords de l'Amérique
Et surtout dans le Canada
Ni plus ni moins qu'à Panama.
Tantôt je vais en Asie, en Afrique,
Et jusque dans le fond du Monomotapa.
L'Europe aussi me voit en Angleterre,
En France, en Portugal. Je ne finirais pas
Si je nommais tous les Etats
Où l'on peut me voir sur la terre ;
Je suis dans les plaisirs, dans les repas,
Et quoique peu fait pour la guerre,
Je me trouve à tous les combats.
On me dit bien qu'à l'égard du courage
On ne doit pas me compter des premiers ;
Mais Marengo repousse cet outrage.
A Wagram, à Bautzen, étais-je des derniers ?
Mais Austerlitz me vit toujours en tête.
Je n'ai pas moins pris part à l'illustre défaite
De nos trop valeureux guerriers.
Oui, je tiens fort à la patrie,
Car je porte le cœur d'un Franc
Pour venger sa gloire flétrie.
On me verra, s'il faut du sang ;
Avec elle dans les entraves,
Je me joindrai toujours aux braves
Qui chercheront à les briser.
Enfin, lecteur, cessant de m'amuser,
Plus grand dans Athènes qu'à Sparte,
Moindre à Madrid qu'en Albion,
Je fus aussi chez Bonaparte
Plus fort que dans Napoléon.

Vers à X.

Je connus trop tard ma bévue,
Et vous fais un bien grand merci
De votre raisonnable oubli,
Quoique ma demande ingénue
N'eût d'autre but que de remplir
Le mien et le vôtre désir.

D'outrer les procédés honnêtes
Ce n'est pas à vous, je le sais;
Votre sœur aux grâces parfaites
En avait déjà fait assez.
Mais craignant que son émissaire,
Auprès d'un esprit soupçonneux,
Bien loin de seconder mes vœux,
N'obtint un résultat contraire
En me sequestrant de vos jeux,
Je pris, sans trop de prévoyance,
L'intempestive liberté
D'intercéder votre assistance.
Mais votre juste réticence,
Sans doute exempte de fierté
Plutôt que de rare prudence,
Me démontra l'inconvenance
Qu'on ne commet point sans démence
Après l'âge de puberté.

Approuvant fort votre sagesse
Qui se trouvait dans tous ses droits,
Je sortis seul au lieu de trois
Au point où Morphée eut l'adresse
De mettre une fière maîtresse

Sans œil, sans oreille et sans voix,
Et de la commune allégresse
J'eus bonne part pour cette fois.
  Or, d'une prière indiscrète
Agréez mes soucis cuisants,
Et recevez, je le répète,
Tout ce que de vifs sentiments
Peut vous offrir en même temps
Une gratitude parfaite.
  Je ne dis point ce que je sens
Dans mon âme tout inquiète :
Belle, aimable, vous êtes faite
Pour troubler le repos des sens.

A M. Romieux, préfet de la Dordogne

Les Élèves de M. Dumas, maître de pension à Montpazier

Préfet, louable choix du plus juste des princes,
Toi qui sais recueillir l'amour de ses provinces,
Toi par qui désormais nous chérirons ses lois,
Un moment, ô Romieux, daigne écouter nos voix.
  Ne pense pas d'abord qu'une muse peu sage
Prétende à ton mérite offrir un juste hommage :
Bornés à leurs désirs, de faibles nourrissons
Ne pourraient s'élever à d'assez nobles tons.
Seul un doux sentiment près de toi nous amène
Pour te faire, à bon droit, de nos cœurs une étrenne,
Dont ils disputeront à l'esprit tous les frais ;
Veuille bien y sourire, ils seront satisfaits.

Eh! pourquoi les accents de la reconnaissance
Par nous resteraient-ils encor dans le silence?
Quand nos pères enfin trouvent un protecteur,
Leurs enfants, arrêtés dans l'élan de leur cœur,
Ne pourraient-ils rien dire à l'âme généreuse
Qui vient rendre pour nous cette contrée heureuse!
Plus qu'eux nous jouirons des bienfaits signalés
Qu'annonce ta présence en ces lieux isolés.

De tes prédécesseurs la longue indifférence
Ne se porta jamais à voir notre souffrance.
Ta justice pour tous, agissant autrement,
Visite tous les maux pour leur soulagement.
Tu vois donc nos déserts sauvages et stériles,
Nécessitant par là tes égards plus qu'utiles.
Nous ne te dirons pas le nombre des besoins;
Ton œil distingue assez les objets de tes soins :
Plus de crainte avec toi qu'encore on ne nous berce
De l'espoir d'obtenir une route au commerce.
Ici, sans ce moyen, le pauvre agriculteur
N'a qu'un pain incertain de toute sa sueur,
Et l'artisan actif ne peut tirer sa vie
Des produits entassés d'une vaine industrie;
Même aussi le génie en dépérissement
Languit et perd de vue un précieux talent,
Je pourrais te parler d'une école primaire
Qui souhaite ardemment ton appui tutélaire.

Mais pourquoi devant toi prolonger nos soupirs!
Je l'ai dit, tu connais nos peines, nos désirs.
Oui, déjà du bonheur en nous montrant l'aurore,
Ta bonté d'aujourd'hui nous promet plus encore :
L'envoyé de Philippe en est un sûr garant.
Comme lui, par le bien, il cherche à être grand.
Ton auguste conseil, dans sa belle séance,
De tes vertus aussi nous prouva l'éminence

Quand devinant ton cœur par tes motifs secrets,
Soudain il seconda ton penchant aux bienfaits.

Pour notre gratitude il n'est point de langage
Qui puisse justement t'exprimer son hommage ;
Mais il sera permis à mille et mille heureux
Au moins d'unir aux tiens à jamais tous leurs vœux.

A sœur Jeanne V., pour le jour de sa fête

En vous offrant en ce jour un bouquet,
Le respect, et l'amour, et la reconnaissance
Auront rempli, ma sœur, l'agréable projet
Auquel vos tendres soins ont donné le sujet,
Si vous daignez y voir l'ardeur et la constance
Que ne rend point assez cet emblême imparfait.
A cet égard peu satisfaites,
Nous goûtons cependant de bien douces faveurs :
Car sainte Jeanne amène ici deux fêtes,
La vôtre et celle de nos cœurs.

A Mademoiselle X.

Lorsque vous désirez quelqu'essai de ma muse,
Et qu'alors de se taire elle n'a pas d'excuse,
Puissé-je bien montrer vos belles qualités
Et surtout exprimer envers moi vos bontés !

Mais n'étant pas égal à ma reconnaissance
Mon esprit est peiné de son insuffisance,
Et remét à regret cette tâche à mon cœur,
Qui sent et sentira sans cesse avec ardeur
Tout ce qu'il vous redoit de juste gratitude
Pour tant de soins qu'a pris votre sollicitude.
J'admire en vous pourtant la haute piété
Qui parfois devrait craindre un excès de gaieté.
Dans ce siècle pervers il faut de la prudence :
Les méchants jugent mal d'une fausse apparence ;
Dans tous actes alors leur esprit forcené
Refuse des vertus au mieux intentionné.
Je parle franchement parce que je vous aime
Et pour vous et pour moi dans le Seigneur suprême,
Auquel à tous moments j'adresserai des vœux,
Afin que de longs jours vous soient toujours heureux.

Enigme et Charade

Je suis un objet sans pareil;
Je surpasse en beauté tout ce que la nature
Peut nous offrir dans sa riche parure.
J'ai plus d'éclat que le soleil.
Si pour toi, cher lecteur, la chose est trop peu claire,
En charade je vais te la simplifier :
Mon premier, animal qui vit dans la poussière,
Nous rappelle parfois de ne pas oublier
Le sort prochain de l'homme à son heure dernière.
Mon second, selon la grammaire,
Se dit dans un ton familier.

Mon entier est ce brillant phare
Sans lequel toujours on s'égare :
Heureux qui le recherchera ;
Il faut le dire, il est bien rare.
Pourtant Alphonse heureux le possède en Anna,
Cette digne moitié que le ciel lui donna.

————————

Charade

A mon premier article composé,
Selon les lois de la grammaire,
Je concède la place où Lhomond l'a posé,
Sans écouter Wailly, Restaud et Despautère.
L'objet, dont la couleur s'est faite mon dernier,
Payant de son éclat tribut à l'hyménée,
Est précisément mon entier.
Au reste sa beauté, ne fut-elle fanée,
Le céderait toujours, on ne peut le nier,
Aux belles qualités dont son âme est ornée.
Par sa tendresse et sa douceur
Ce tout adoucit la rigueur
D'un sort cruel constant à le poursuivre.
Mais d'un destin aveugle à quoi bon la roideur,
Lorsque c'est un charme de vivre
Pour celui qui possède et mon tout et son cœur !

A Marie X.

15 août.

Aujourd'hui qu'offrirai-je à l'aimable Marie,
Lorsqu'une bévue infinie
M'a privé du plaisir de lui faire un bouquet.
De mes désirs puis-je remplir l'objet
En lui présentant l'humble hommage
De tous mes sentiments. Ah! dans ce court langage
Elle verra l'ardeur des vœux
Que je forme en tout temps pour tous ses jours heureux

A Marot

Quand ma femme en fureur gronde pour peu de chose,
Je m'en vais au jardin cueillir la belle rose,
Et sur elle attachant mes yeux et mes soucis,
J'ai bientôt oublié l'orage du logis.
Si d'un grave accident une douleur bien vive
Veut prendre sur mon âme une part trop active,
J'appelle promptement Phébus à mon secours,
Et tranquille je laisse à mon sort libre cours.

Etrenne des Elèves de M. Dumas à leur directeur

Cher directeur, de la nouvelle année
Qui vient enfin s'ouvrir à nos désirs,

Nous employons la première journée
A l'exprimer le plus doux des plaisirs.
A présenter un vif et juste hommage
A ton mérite, illustre oint du Seigneur,
Avec transport nous saisissons l'usage
Qui nous procure aujourd'hui ce bonheur.
Nos cœurs pourtant de leur reconnaissance
Désireraient pour toi de plus dignes tributs.
Mais par tes soins vivant dans l'innocence
Ils s'offriront eux-mêmes aux vertus ;
Avec ardeur vers la voûte éternelle
Ils porteront leur encens et leurs vœux,
Afin que Dieu d'une gloire immortelle
Compense un jour tes bienfaits généreux.

Logogriphe

A Augustine X. sur le nom de Bonis

Augustine, en cinq pieds je te donne un objet
        Digne du plus grand intérêt
        Par ses talents et son mérite.
En les décomposant tu trouveras bien vite
L'attribut par lequel il est fort distingué ;
Et c'est ce que souvent j'ai moi-même éprouvé.
Puis un corps que l'on rend extrêmement utile ;
Il existe aux hameaux, dans les champs, à la ville,
Dans l'onde et dans le feu, dans tous les éléments
Depuis que Montgolfier fit des êtres volants,
        Où lorsque par un vol agile

On le voit se prêter à des jeux innocents.
Ainsi que toi chaque jour je le touche;
Il paraît sous ton toit, à la cave, à ta couche.
Enfin je ne finirais pas
Si je te rapportais son emploi dans tous cas.
Vois un nombre à présent marquant la récidive,
Ou, si tu veux, les répétitions,
La particule négative,
L'une des deux conjonctions,
Qui, se trouvant même avec des pronoms,
Démontrent que dame grammaire
Veut se mêler de toute affaire.

A Amélie M.

Lorsque, rimant sans importance,
J'étais à louer les attraits
Ou d'Augustine ou de Clémence.
Ou d'autres aussi beaux portraits,
Je suivais l'élan de mon âme
Sans songer qu'un bon inspecteur
Dût vérifier si ma flamme
Des règles avait la teneur.

Bientôt son goût me fit comprendre
Que je les tronquais par mon chant,
Qu'ainsi ma verve, quoique tendre,
Pouvait les violer autant.
Ah! trop heureux de sa censure,
J'y verrai dès lors à deux fois;
Du bon style et de la nature
Je mettrai mieux d'accord les lois.

Vois-tu, Pégase est ma folie,
Qu'il aille bien ou de travers.
Cependant, céleste Amélie,
Je ne t'offris jamais mes vers.
Mon cœur trouvait lui-même étrange
Que pour toi seule il fut muet ;
Mais tu connais à présent, ô bel ange,
De mon silence le secret.

Depuis longtemps en griffonnage
Je gardais la production
Où ma muse, alors non volage,
En charade avait mis ton nom.
Je voulais le garder encore ;
Le voilà, je te l'ai promis :
Si dans tes vertus je t'adore,
A bien moins on peut être épris.

Quand une heureuse circonstance
Fait t'offrir mon humble respect,
Avec joie à ta bienveillance
Je présente un cœur non suspect.
Cependant il est une chose
Qui me donne quelques soucis :
Je n'ai plus de papier de rose,
Mais le blanc convient à tes lys.

Charade

Jeune, vertueuse et charmante,
Sans fard et sans prétention,

De l'esprit, en un mot en tout intéressante,
    Telle est celle que je présente
    A ton investigation.
    Si l'on aperçoit ma contrainte
    A parceller ce bel objet,
    Sans doute elle vient de la crainte
    D'altérer un tout si parfait.
Mais de ce genre il faut se soumettre à l'usage
    Par un second, par un premier ;
    Mais on répare le dommage
En remettant bientôt les deux parts en entier.

    Des lois pourtant remplissant l'observance,
    Songe, ô ma muse, à l'inspecteur
    Qui possède la compétence
    D'être ton vérificateur.
    D'ailleurs le beau sujet exige,
    Comme mes nobles sentiments,
    Que nullement je ne transige
    Avec le goût et le bon sens.

LEÇONS DE GRAMMAIRE

L'Apostrophe

    On voit dans l'exemple cité
    Une voyelle supprimée,
    Et qu'après *l* on a porté
    Un signe qui l'a remplacé.
    On fait de même avant tout mot
    Commençant par une voyelle
    Ou par *h* nulle : l'ergot,
    L'éléphant et l'œuf d'hirondelle.

L'Adjectif

Le mot, qu'on appelle adjectif,
Se joint aux choses, aux personnes ;
Il leur est qualificatif,
Comme bel enfant, poires bonnes.
Avec le nom il est d'accord
Et pour le genre et pour le nombre,
Comme carpe vive, âne mort,
Un teint vermeil, une nuit sombre.

Degrés de qualification

La qualité qu'on joint aux noms
Reçoit plus ou moins d'étendue ;
Par trois degrés que nous dirons
Elle augmente ou bien diminue.
Le premier se dit positif,
C'est seulement l'adjectif même ;
L'autre est nommé comparatif,
Et superlatif le troisième.

Formation du pluriel

Le nom prend une *s* au pluriel,
Comme en pères venant de père ;
Mais s'il l'avait au singulier
Rien de plus alors ne diffère.
A d'autres *x* convient mieux,
Et les grammairiens déterminent
Que ce sont d'ordinaire ceux
Qui par *au, eu, ou* se terminent.

Si le nom dans le singulier
Reçoit cette *x* ou bien un *z*,
Il reste le même au pluriel;
L'article seul vient à son aide.
Mais le chev*al* fera chev*aux*,
Trav*ail*, trav*aux*, et quelques autres.
Certains en *ail* rejettent *aux*
Et prennent *s*...................

A M. de Sixte, inspecteur de l'enregistrement

J'ai vraiment honte de le dire,
Je laisse rarement à la réflexion
Le loisir de mûrir une inspiration
Dont résonne ausitôt une mauvaise lyre.
Mais Sixte, daignez voir, par un bref changement
Fait au dernier envoi, triste fruit d'une tête
Qui toujours va, court follement
Et ne fait bien que quand elle s'arrête,
Si d'un cœur elle a mieux rendu le mouvement;
J'espère à cet égard de mon bon interprète
L'impartialité de son bon jugement.
Ma muse n'est point fière, elle n'est qu'inquiète
De ne pouvoir exprimer dignement
Les charmes trop nombreux qu'à sa voix imparfaite
Vous avez confié un peu trop bonnement.
Veuillez donc me donner l'avis que je souhaite
Sur ma tâche bien ou mal faite,
Et de plus sur le sentiment
Qu'à se montrer vous avez trouvé lent.

Vous qui l'avez forcé de se faire connaître,
Vous qui voyez de près l'objet qui l'a fait naître,
   Parlez, j'attends votre décision.
Ai-je bien peint Zélie, ai-je bien fait paraître
Pour elle une assez juste et vive émotion?
     Vous allez m'avancer, je gage,
     Que mon cœur rend un double hommage,
     Et qu'étant ainsi partagé,
     Il ne peut pas être jugé.
Mais de votre embarras, vite je vous dégage,
     Car à cela j'avais songé.
N'auriez-vous donc compris qu'Amélie et Zélie
N'ont qu'un esprit, qu'une âme, et que leur douce vie
Est un tissu commun de vouloirs, de désirs,
     Et de pensers et de plaisirs?
Au nombre des erreurs, grande serait la nôtre,
   De ne pas voir en elles un seul tout,
    Et de ne pas croire surtout
   Qu'admirant l'une on loue aussi bien l'autre.
Ah! nous sommes heureux que leurs attraits épars
N'éblouissent nos yeux de tout leur assemblage,
Et que notre pinceau sur la brillante image
Puisse se diriger sans craindre trop d'écarts,
En prenant son beau tout seulement quelques parts.
Et si de tant d'atours la ravissante masse
Siégeait entièrement sur l'un ou l'autre corps,
Que produiraient alors nos plus puissants efforts,
    Quand le dieu même du Parnasse,
    Avec ses célestes accords,
Ne saurait bien chanter l'incomparable grâce!

A ma muse

Tant que l'on vous verra sans rente,
Vous aurez beau vous escrimer ;
Vous êtes, Muse, une impudente
Qui malgré tout osez rimer.

Comment et par quelle manie
Tourmentez-vous un malheureux ?
Cherchez pour montrer le génie,
Ceux que le ciel appelle heureux.

Croyez-moi, changez de tournure :
Prenez Clitas, prenez Crésus ;
Ils ont tout ce qu'il faut, je jure,
Et bonne table et bons écus.

Pour réfléchir votre lumière,
Pourquoi vous servir d'un miroir
Dont la hauteur plus qu'ordinaire
Ne le fait pas pour ça mieux voir (1).

Ou bien si votre clarté pure
Par coup fortuit frappe un regard,
Le défaut d'or de la bordure
Soudain le repousse autre part.

---

(1) M. Dumas était en effet d'un taille très élevée.

Étrenne pour M. Antoine de Cossé

Hier, dix-sept janvier, une muse insensée
Crut pouvoir exprimer ma profonde pensée
Et rendre dignement, avec mon faible esprit,
Tout ce que pour Antoine avant j'avais écrit;
Mais à quatre-vingts ans ma triste et lourde tête
Aujourd'hui par malheur ne peut rien pour sa fête.
Elle jugeait encor que tous mes sentiments
D'estime, de respect, pour ses nobles parents,
Auraient pu se montrer la première journée
Qui vient de commencer une nouvelle année.
Enfin elle me laisse, en me donnant le tort
De n'avoir pas voulu faire le moindre effort.
Apollon pour le coup fut indigné contre elle,
De se croire assez apte à seconder mon zèle,
Lorsque tout le Parnasse et l'entier Hélicon
Me fourniraient en vain toute inspiration.
Si pourtant Amélie a su lire en mon âme,
Sans doute elle aura vu dans l'ardeur qui l'enflamme
De mon affection, toujours les mêmes vœux
Pour que ses beaux enfants soient à jamais heureux;
Que Thérèse. imitant les vertus de sa mère,
Mérite qu'en tout temps de même on la révère;
Et qu'Antoine, portrait de son auguste auteur,
D'une digne famille augmente le bonheur.
Qu'ai-je fait cependant!... comme une folle muse,
Malgré le poids des ans que tristement j'accuse,
J'ai tenté de rimer! Apollon furieux
Va demander raison d'un acte audacieux :
Phébus, lui répondrai-je, apaise un peu ta bile;

Il me fallait parler, je pensais à Blanville ;
Pour ce lieu mon silence était déjà trop long
Pour ne pas essayer aujourd'hui quelque ton.
Puisque tu m'as fermé les sources d'Hippocrène,
J'ai voulu me livrer au penchant qui m'entraîne.
Je sais bien que sans toi mon débile cerveau
A suivi du hasard une route incertaine.
Eh ! bien, c'est un travail d'un genre tout nouveau :
Alors je ne puis mieux d'Antoine offrir l'étrenne. (1).

LE PREMIER DE L'AN 1851.

Au Mérite et à la Bienveillance.

J'ai beau presser ma muse hors d'haleine
De m'aider à former pour Zoé quelque étrenne ;
Ses sœurs à mes vieux ans, sur l'avis d'Apollon,
Ont aussi refusé leur inspiration,
  En jugeant toute force vaine
  Pour si haute élévation.
N'importe, je me livre au penchant qui m'entraîne ;
L'indulgence sera ma consolation.
De tout fort sentiment qui pour elle m'anime
Je ne peux donc qu'offrir la faible expression :

---

(1) Que le lecteur se souvienne que M. Dumas est mort en 1854,
à l'âge de quatre-vingt-un ans, et que depuis cinq à six ans il avait
perdu la vue. Il était donc aveugle lorsqu'il composa ces vers, comme
la plupart de ceux qui vont être donnés.

C'est mon respect avec l'estime,
Et ma bien vive affection
Qui voudraient se montrer en cette occasion.
Si Zoé cependant peut lire dans mon âme,
Qu'elle daigne agréer dans l'ardeur qui l'enflamme
Mes vœux reconnaissants à ses nobles bienfaits.
Je serais trop heureux s'ils étaient satisfaits.

A Louis-Napoléon, président.

Des heureux faits par vous voilà la résidence ; (1)
Là sonnent les accents de la reconnaissance,
Et par l'heureux pouvoir que Dieu me donne ici,
Grand Prince, de sa part ma main vous a béni.
Allez, Napoléon, poursuivez votre route :
Quand vous la parcourez sous la céleste voûte,
Au-dessus vous attend sur un trône éternel
L'arbitre souverain de la terre et du ciel.
Je m'incline aujourd'hui devant ce maître juste
Qui me ferme les yeux sur votre face auguste ;
Sans doute il veut montrer que je fus bien pécheur
Lorsqu'il me prive ainsi d'un aussi grand bonheur.
Il est vrai, pour mes yeux il n'est plus de lumière ,
Mais il reste à mon cœur sa force tout entière ;
Aussi pour vous sans cesse il formera des vœux
Afin que de longs jours vous soient toujours heureux.

---

(1) L'auteur espérait que Louis-Napoléon irait à Périgueux, et passerait par la paroisse de Monsec, dont il était alors le desservant. Mais son espoir fut déçu. Périgueux fut privé et a été privé jusqu'à présent de la présence de Napoléon.

Logogriphe

Belle âme et charmant caractère,
De la plus rare aménité,
D'un époux méritant et d'une digne mère
Faisant la joie et la félicité,
Tout ce qu'il faut de piété,
Tel est l'objet qui saura toujours plaire
Et que j'offre, lecteur, à ta sagacité.
Dans les sept pieds dont son nom se compose
Tu peux voir avant toute chose
De cet objet l'aimable sœur,
Puis celle qui trompa le fils d'un patriarche,
Son père ayant été l'auteur
De cette étonnante démarche;
Et le pauvre abusé quatorze ans fut pasteur
Pour pouvoir obtenir la plus chère à son cœur.
Maintenant j'offre une partie
Constituant le corps humain;
Ensuite un animal, dit coursier d'Arcadie,
Dont la criarde voix fait un rude refrain;
Une ville de France, un mont de la Phrygie
Viennent aussi sur mon chemin.
Vois à présent un synonyme
Et d'assistance et de secours,
Puis le terme dont on exprime
Tout le temps que Phébus emploie à son grand tour.
Je te présente une rivière,
Ou, si tu veux, un froid département,
Sur les tableaux de classement
Toujours mis en ligne première.

Vois à présent ce dont se sert l'oiseau,
    Soit que dans les airs il voyage,
    Soit que de l'africain rivage
    Certains nous arrivent par eau.
    Je te présente encore la plage
Ou l'endroit où lui seul peut aller sans bateau.
Je t'offre un être aussi de l'élément humide
Qui se plaît mieux, dit-on, en l'eau douce et limpide :
    Puis une plante du Brabant,
    Branche d'un commerce bien grand.
Désires-tu que je parle grammaire
    Avant que je pense à me taire ?
    Bien que cet art soit instructif,
    Ici je n'en parlerai guère.
    Seulement, pour te satisfaire,
    Je t'offre en point définitif
    Cinq verbes à l'impératif.

A Madame Éléonore Gibiat

    Se pourrait-il que mon malheur
Vous eût rendu ma présence importune,
Et qu'à la fois la cruelle fortune
M'eût enlevé mes yeux et votre cœur ?
D'un aveugle souffrant le trop triste visage
De la contagion nous offre-t-il l'image ?
    Croit-on son aspect dangereux ?
Est-il donc vrai que l'amitié volage
Est semblable au sommeil qui fuit les malheureux !
Si je suis effrayé d'une fausse apparence,

Éléonore, alors mon doute vous offense;
N'est-ce pas l'expier en proie aux noirs soucis?
Ah! prenez donc pitié de mon âme troublée;
Dissipez les ennuis dont elle est accablée!
Venez prouver que rien ne nous a désunis,
Que chez nous l'amitié tient ses nœuds affermis;
Ne rendez pas ma vie à jamais dépourvue
D'un bonheur mis au rang des bienfaits infinis!
      On n'est qu'aveugle sans la vue;
Mais on n'existe plus quand on est sans amis.

LOGOGRIPHE

Étrenne à Madame la marquise de Cossé
sur le nom d'Amélie

Douce, sensible, bienfaisante,
Pleine d'esprit et d'amabilité,
   En tout d'une grâce charmante
   Avec une voix ravissante,
   Dons ornés par la piété,
   Telle est celle que je présente,
   Lecteur, à la sagacité.
Je ne te parle point de son port de déesse,
Ni de ses bons aïeux, fleurons de la noblesse;
Ce serait te montrer trop tôt la vérité.
   Dans les six pieds dont son nom se compose
   Tu verras avant toute chose
Un terme affectueux dont se servaient nos rois
   Envers les chargés de leurs lois.

En second lieu je te propose
  Ce bel être au divin ressort
Sujet d'erreur de la métempsycose,
Et dont l'impie, avec nos 'esprits forts,
Borne en vain la durée à celle de nos corps.
  Vois à présent une chose bien rare
Et dont le nom est pourtant bien commun ;
Vois un objet semblable, et les deux ne font qu'un,
A moins qu'un sort cruel trop tôt ne les sépare
   Par le caractère bizarre
   De l'un des deux ou de chacun.
  Ensuite vient la plante potagère
Dont on use, dit-on, rarement à Paris,
  Et puis la partie légère
De l'habitant de l'air, et que l'on donne au fils
   De la déesse de Cypris.
Le pinceau, le ciseau, par même caractère
  Distingue aussi les célestes esprits.
Dans mon décomposé maintenant il se trouve
  Ce que l'heureux Charles éprouve
  Avec l'effet par conséquent
Produit par les vertus de celle qui nous prouve
Qu'elles font le bonheur d'un tendre sentiment.
  Cet effet, ici je l'explique :
Je le donne pour verbe ; et si c'était un nom,
Tu pourrais le chercher moins dans un carafon
  Qu'en un tonneau, cuve ou barrique.
  Et puisque j'en suis sur ce ton,
Je vais continuer de te parler grammaire.
  Tu verras donc un pronom possessif,
Deux pronoms personnels dont l'un est conjonctif,
Un article, un adverbe ou pronom relatif
Selon que le bon sens dit ce qu'il en faut faire.
La musique à son tour vient y prendre deux parts.

7

A présent s'offre à tes regards
L'agréable saison où la brillante Flore
  Étale ses nombreux appas.
    Je puis te présenter encore
    Ce que l'on voudrait n'être pas
Dans aucun temps, ni sous nul des climats.
  Ici paraît une espèce de coffre
    De première nécessité
  Par l'aliment en son vide apprêté ;
Et de cet aliment en même temps je t'offre
Ce dont la vieille dent craint moins la dureté.
    Après cela l'on te présente
    D'une famille diligente
    Le riche et suave produit
Que chaque individu compose en son réduit,
    Et duquel la troupe vaillante
    Cruellement vous éconduit
    Tout être imprudent qui lui nuit.
    Il n'en faudrait pas davantage,
    Lecteur, à ton esprit actif
Pour rencontrer l'objet que d'image en image
Je me plais à montrer à ton œil attentif,
Sans doute aussi charmé par le même motif
    Que je m'exprime en ce langage.
Alors vois donc de sexe un terme distinctif,
Une ville opulente, un animal sauvage,
Un prophète célèbre, un instrument tranchant,
    Un autre plus ou moins mordant,
    Et tous les deux d'un grand usage.
Vois encore un endroit où le léger oiseau
    Peut seul arriver sans bateau,
A moins que par plaisir ou par quelque naufrage
On ne voulut tenter de l'atteindre à la nage.
Mais puisque mon sujet ne peut causer d'ennui,

Allons, lecteur, poursuis ta marche,
Et tu verras celle qu'un patriarche
Eut pour épouse malgré lui.
Un terme qui convient aux dates des années
Et qui présente encore un des dons de Cérès,
A ces jeux innocents de mes douces soirées
Veut à bon droit avoir accès.
J'ai fini, cher lecteur, un facile succès.
Madame, pardonnez à mon faible cerveau
De rimer sans l'aveu des sœurs de Melpomène ;
En suivant du hasard la mesure incertaine,
Je crois que c'est vraiment vous donner du nouveau.
Et je ne pouvais mieux vous faire mon étrenne.
Mais pour vous tous mes vœux n'en sont pas moins ardents :
Je demande au Très-Haut que ses plus doux présents
Embellissent le cours de votre destinée :
C'est dire que je prie en la nouvelle année
Toujours pour le bonheur de vos tendres enfants.

Logogriphe (1)

Dans le creux enfoncé d'un terrestre entonnoir
Sur cinq pieds est bâti mon principal manoir ;
Le destin fut avare en faisant mon partage,
Et si tu veux, lecteur, en savoir davantage,
Soumets d'abord ma tête au triangle fatal,
Puis dans le verbe aller cours chercher ma personne.
Ma queue encore à bas, j'arme le ciel qui tonne,

(1) Ce logogriphe n'est pas de M. Dumas. L'auteur m'en est inconnu.

Et suis chez le chrétien un péché capital.

  Décompose-moi :

   J'escorte à Cythère,

   C'est mon doux emploi,

   Des Amours la mère.

 De nos auteurs le modeste savoir

Aime à m'entendre, et je le crois sans peine,

   Appeler sur la scène

   Plusieurs fois chaque soir.

Je suis un vêtement parfois très incommode,

Mais depuis fort longtemps adopté par la mode;

Une étoffe à bas prix, des champs le gagne-pain,

Un duché de Lorraine, et particule enfin.

———

Logogriphe

  Doué d'une âme bienfaisante,

  D'esprit, de douceur, de gaîté,

  Et d'une plume séduisante

Par ses écrits empreints de sensibilité,

  Chose d'ailleurs non étonnante,

Car des neuf sœurs c'est un enfant gâté.

  Tel est, lecteur, en vérité,

  L'être intéressant que présente

  Ma craintive timidité

Au trop heureux travail de ta sagacité.

  Dans les cinq pieds dont son nom se compose,

  Il paraît, avant toute chose,

Un terme de grammaire, ou plus clair un pronom

Que je voudrais pouvoir avec droit et raison

Unir au tendre objet qu'en ce jour je propose ;
Alors je lui serais ce que tu vois ici.
Et quoique l'on en dise, on me verrait aussi
Mériter à jamais un autre bien beau titre ;
      Et je ferais le monde entier arbitre
De ma prétention à ce titre chéri
Justement au premier sous tes yeux réuni.
Vœux superflus!.... suivons notre métamorphose :
La musique, à son tour, vient t'offrir un doux son
Dont le signe en l'échelle à trois degrés se pose
Ou plus bas ou plus haut que le diapason.
Cherche à présent le temps de la belle saison
Où l'élégante Flore, à mon sujet semblable,
Rend par son doux éclat tout séjour agréable ;
Vois la Mère du Dieu chargé d'emplois divers ;
Vois enfin l'élément où se meut l'univers,
      Et dans lequel la vapeur se dissipe,
Tout comme mon génie, alors qu'il s'émancipe,
Se perd au souvenir de l'objet de ces vers.

A Barthélemi (1)

   Daigne agréer ces fleurs, ô cher Barthélemi,
Avec les sentiments dont mon cœur est rempli.
Mon respect, mon amour, ma vive gratitude,
Chantent les tendres soins de ta sollicitude.
Je n'ai pu m'exprimer dans mes trop jeunes ans,
Mais à mo_1_ second lustre et je vois, et je sens.

---

(1) Ces vers avaient été demandés à l'auteur par une jeune personne pour la fête de son oncle.

Alors que je cueillais de quoi parer ta tête
Pour venir t'annoncer le beau jour de ta fête,
Je ressentais, en moi je ne sais quel bonheur
Qui m'annonçait plutôt la fête de mon cœur.

Celle qui seconda ton âme généreuse
Trouvera dans ce cœur sa part affectueuse.
Aux miens les plus ardents elle mêle ses vœux
Pour t'obtenir du ciel les jours les plus heureux ;
Et la fille adoptive, adressant ses hommages
Au Dieu distributeur de tous les avantages,
Implore la faveur de garder à jamais
Les justes souvenirs de tes nobles bienfaits.

Enigme

Dans les divers emplois où je parais souvent,
Je suis fier principalement
D'être à la tête d'une grâce
Dont la savante main pourrait facilement
Me mettre en son manoir à la première place ;
Mais il advient plus fréquemment
Qu'à la troisième elle me place.
S'il le fallait, je pourrais bien
Aussi lui servir au mystère,
Car en amour je suis très nécessaire,
Et ne suis pas moins utile à l'hymen ;
Je n'aide pourtant pas à former leur lien,
Chose assez extraordinaire,
Puisque sans mon secours aimer ne serait rien.
Ami lecteur, je ne puis guère
Te rapporter mes mille autres travaux ;

Ce serait t'ennuyer assez mal à propos,
Et moi-même j'aurais pour le coup trop à faire.
    Cependant je ne veux te taire
Qu'avec moi l'on forma des dieux et des héros.
J'étais avec celui que le commerce adore,
Quand, plus fin qu'Apollon, il vola son carquois;
    Et vois, si tu veux, encore,
A ton avis, de moins ou plus nobles exploits.
Samson aux Philistins si longtemps invincible,
Drimaque en l'Archipel inspirant tant d'effroi,
Et Diomède même, aux Troyens si terrible,
    N'auraient pu se montrer sans moi.
Je préside à la mer aussi bien que Neptune ;
    Comme lui je porte un trident,
    Et j'ai la force peu commune
    De partager tout élément,
    Sans que jamais d'une manière aucune
    Chez lui nul d'eux ait pu me voir présent.
Mais quoi ! pour me saisir encore tu t'escrimes !
Faut-il donc t'avouer, bénévole lecteur,
Qu'avec l'aimable objet qui suggéra ces rimes,
Je me trouve placé dans le cœur de l'auteur.

---

15 AOUT 1852

A Son Altesse le Prince président de la République française

LES VILLAGEOIS DE LA PETITE COMMUNE RURALE DE MONSEC-
DE-MAREUIL ET LEUR DESSERVANT

    Prince chéri, quand pour ta fête
    On songe aux airs grands et nouveaux,
    Que ton oreille ici se prête
    Aux faibles sons de nos hameaux.

Estime, amour, respect, hommage,
Pour toi vivement animés,
N'ont d'embarras que le langage
Dont ils voudraient être exprimés.

On sait bien que pour ton mérite
Il faudrait les chants les plus beaux ;
Mais notre haleine est trop petite
Pour essayer des tons si hauts.

Aux cités laissant l'ode altière
Te montrer tout son ornement,
L'habitant de l'humble chaumière
Aime fort et dit simplement.

Et d'ailleurs quelle gratitude,
Même employant tous les accents,
A la grande sollicitude
Pourrait offrir un digne encens !

Tu sauvas la France éplorée,
Tu sauvas la religion
Allant éprouver, désolée,
Une seconde affliction.

Que de malheurs ! que de sinistres !
Que d'impies atrocités !
C'en était fait des saints ministres,
Du culte et des propriétés.

Déjà l'homme honnête et paisible,
Et le malheureux possesseur
Se voyaient au moment terrible
D'être en proie à toute fureur.

Mais nous ne craignons plus d'orages
A l'ombre de ton aigle assis;
Ceux qui méditaient des ravages
Sont chassés ou restent saisis.

Ton œil, veillant pour la patrie,
Surprit les trames des pervers
Qui, dans leur noire perfidie,
Même pour toi forgeaient des fers.

Or, la divine Providence
Soudain t'arma de son secours
Pour réduire à toute impuissance
Ces monstres menaçant nos jours.

Oui, pour nous le ciel favorable
Voulut employer ton esprit
A poursuivre l'œuvre admirable
Que ton énergie entreprit.

Alors la France à peine libre
Sur toi fixe tous ses regards.
Un sentiment fortement vibre;
Les cœurs battent de toutes parts.

Avec transport, elle désire
Que son nouveau libérateur,
Comme cet astre de l'empire,
Reçoive un titre de splendeur.

Mais ta belle âme plus pressée
De mettre fin à tout ennui,
N'aperçut dans cette pensée
A tes succès qu'un vain appui,

Si pourtant un triste vertige
Soulevait trop les passions,
Il faudrait bien ce fort prestige
Pour dompter toutes factions.

Ce titre au reste qui nous touche
Pour prix à nos vrais protecteurs,
S'il n'est encor dans toute bouche,
Dès longtemps est dans tous les cœurs.

C'est toi qui vins ouvrir l'aurore
Des beaux jours qui luisent pour nous;
Et ton esprit travaille encore
A les montrer toujours plus doux.

Tu sus aussi bientôt connaître
Ce que tu dis à nos héros :
Que la ville sainte allait être
L'objet de glorieux travaux.

L'auguste pierre de l'Église,
Cédant à des chocs inouïs,
Attend, pour être réassise,
Les chrétiens efforts de Louis.

A la voix une noble armée
A Rome porte ses drapeaux,
Et l'Europe ainsi rassurée
Bénit l'auteur de son repos.

Pour nous qu'a fait de plus ton zèle !
Qu'il réponde, le Panthéon :
Aujourd'hui sa gloire immortelle
Tient au pieux Napoléon.

Avant tu présentas ton prisme
A la bonne université
Qui ne voyait pas l'athéisme
Lui glisser sa subtilité.

Par toi ce corps utile et sage
Marche aux rayons du vrai soleil,
Certain que malgré tout nuage
Il luit d'un éclat sans pareil.

Aussi bien, heureuse jeunesse,
Jouis du libre enseignement ;
A ton sort Louis s'intéresse,
Nulle part plus d'égarement.

Et de nous aussi, pauvre classe,
Le prince sensible aux besoins,
Vit en nous, de sa haute place,
Les premiers objets de ses soins.

Il paraît, et sans qu'on l'implore,
Tous nos impôts sont abaissés ;
D'un surtout plus restreint encore
On ne peut le bénir assez.

Sa ferme et sage dictature
Nous fit aimer ses justes lois :
Elle était si belle, si pure ;
Pourquoi ne durer que trois mois !

Tout notre esprit, à cette idée,
Se perd dans les nombreux travaux
Que fit son ardeur éclairée
Jusques à ce trop prompt repos.

Faut-il encore, hélas, en France
Voir des méchants et des jaloux
Qu'une prudente méfiance
Force à garder sous les verroux.

Mais on nous parle d'amnistie,
Ou de plus large liberté ;
Sentez-vous, fauteurs d'anarchie,
Du Prince la noble bonté ?

N'imitez donc plus les sauvages,
De vos frères soyez amis;
Désormais montrez-vous plus sages
Et souvenez-vous de Louis.

Tairons-nous sa piété franche
Qui, sans nul faste de sa foi,
Exactement du saint dimanche
Observe la divine loi.

Encore un avantage double
Sourit à la religion;
Car Louis d'un droit qui la trouble
A prévu la suppression.

Alors à l'abri de l'injure
Le prêtre sera respecté;
Exempt des ennuis qu'il endure
Pour un casuel disputé.

Avec un paisible honoraire,
Du pauvre il sera le soutien,
Car il pourra mieux satisfaire
Son penchant à faire du bien.

Louis, notre reconnaissance
Pour les grands et nombreux bienfaits
S'adresse au Dieu dont la puissance
Peut seule remplir tous souhaits.

Que le sauveur de la patrie,
Que l'élu de l'homme et du ciel,
Après sa glorieuse vie
Brille sur un trône éternel.

Quand pour toi, prince magnanime,
Notre âme ardente fait des vœux,
Faiblement encore elle exprime
Combien te chérir est heureux.

Oh ! si nous avions l'espérance
Près de nous de te voir un jour,
Triple serait la jouissance
De notre inaltérable amour.

Logogriphe sur Louise

Sous tous rapports intéressante,
De l'esprit et de la bonté,
Et puis une grâce charmante
Unie à l'amabilité,
Tout ce qu'il faut de piété,
Telle est celle que je présente,
Lecteur, à ta sagacité.
Dans les six pieds dont l'objet se compose,
De prime abord je te propose
Le nom de plusieurs rois, même de quelques saints,
Et l'idole adoré des trop faibles humains.
Tu vois la régle aussi qui permet ou s'oppose

Selon le poids égal qu'elle tient en sa main;
 Et puis la fleur d'accord avec la rose
Pour rehausser l'éclat des plus beaux teints.
C'est encor, si tu veux, un terme d'armoirie,
Le nom d'une rivière et d'un département.
  Ami lecteur, cherche à présent
  Une monnaie peu jolie
Dont on espère enfin avoir un changement.
L'animal sans lequel on allait prendre Rome
  Vient à son tour se présenter,
  Et l'on sait quels honneurs, en somme,
  On jugea de lui décerner.
 Tu pourrais voir dans une cheminée
Ce qu'aussi moi je pourrais te nommer;
Puis un poisson d'eau douce ou de l'onde salée,
Et puis l'habit d'un ver qui se fait estimer.
Je t'offre maintenant deux notes de musique,
  Ensuite un lieu voisin de l'eau
  Où, sans besoin de l'art nautique,
 Facilement peut aborder l'oiseau.
  Vient un synonyme d'usage;
  Après il te faudra chercher
  Ce que, pour gagner davantage,
 Adroitement fait passer le boucher.
  Faudrait-il te parler grammaire?
Tu trouveras alors une conjonction,
  Un article et plus d'un pronom,
  Et de plus, s'il est nécessaire,
  Six verbes à l'impératif,
Puis un adverbe enfin de l'ordre affirmatif.

Un Chapelet à l'École militaire

OU BEAU TRAIT D'UN JEUNE ÉLÈVE

Un jour, un de ses jours qu'un vif soleil éclaire,
Des nobles rejetons l'École militaire
Avait de leurs travaux à faire l'examen
Que vint y présider le héros toulousain (1).
La chaleur, en effet, se trouvait accablante,
Et comme on la craignait encore plus assomante
Dans les salles surtout de l'établissement
Où très nombreux alors le beau monde se rend,
De l'émulation la noble concurrence,
Et des laborieux la juste récompense,
Tout se fit en plein air, à l'ombre des ormeaux
Etendant sur la cour leurs verts et longs rameaux.
Des zéphirs par moments la fraîche et douce haleine
Dispensait l'éventail d'agiter son ébène ;
Et l'auditoire entier de toutes parts brillant
Sous le feuillage épais bravait l'astre brûlant.
Les sons harmonieux d'une muse (2) charmante
Récréèrent d'abord cette troupe élégante ;
Un discours d'apparat, avec art composé,
Traite en beau du sujet en programme exposé.
On demande, on répond avec ferme assurance.
Le studieux nommé modestement s'avance :
Par l'illustre guerrier les prix sont décernés
Aux athlètes d'abord de ses mains couronnés.
Le père est tout joyeux ; la mère dans l'ivresse

---

(1) Le maréchal Soult.
(2) *Muse* pour *musique*.

Pour son fils applaudi se pâme de tendresse.
La satisfaction d'un naturel désir
De leurs amis contents augmente le plaisir.
D'Euterpe bien souvent la gaie symphonie
Marque qu'une autre mère à son tour est ravie.
Là, s'il eût eu la sienne, un enfant travailleur
Dix fois de la charmer eût goûté le bonheur ;
Et cependant ses traits, quoique pleins de noblesse,
Ont la timidité de la tendre jeunesse.
Au président enfin, au chef, aux professeurs,
Vont les remercîments partis de tous les cœurs.
En même temps aussi l'agréable musique
Donne, pour terminer, un concert magnifique.
Le maréchal se lève, il pense, il va parler.
Mais non, il pense encore et paraît reculer.
Du ministre hésitant d'où vient la réticence ?
Hélas ! le type vrai manquait à la science :
Dans tout cet appareil d'esprit et de savoir,
Il n'a pas entendu le nom d'un saint devoir.
Oui, la religion semblait être effacée,
Dans ces néfastes jours, de l'humaine pensée.
C'est triste de le dire : on mettait la sagesse
A laisser s'égarer l'esprit de la jeunesse :
D'un Dieu, lui disait-on, on pense ce qu'on veut,
Mais pour l'étude on doit faire tout ce qu'on peut.
O pays malheureux ! ô trop aveugle France !
Ton beau savoir prouvait ta coupable ignorance.

Je m'arrête ; il est temps de tirer le rideau
Sur le honteux aspect de cet affreux tableau
Et d'en venir enfin au bon trait que je cite,
Pour montrer que du moins à l'époque maudite
La crainte seulement retenait bien des cœurs
Déplorant en secret de funestes erreurs.

L'exercice fini, lentement on s'apprête

A s'éloigner du lieu de la fraîche retraite.
Des bancs longs et pressés on commence à sortir :
Restez, crie un élève; avant que de partir,
Qui de vous, je vous prie, a fait la perte immense
D'un objet, vous voyez, de bien haute importance?
Un chapelet, dit-il d'un ton toujours railleur.
Qui de vous, je répète, aurait eu ce malheur?
Certes, sans nul regret je suis prêt à le rendre;
Qu'on daigne seulement ne pas me faire attendre.

On croit d'abord que nul ne voudra s'avancer,
Alors que rien de saint on n'osait prononcer.
Tout à coup une voix avec transport s'élève :
C'est le mien! c'est le mien! s'écrie un autre élève;
Pour ce bien, mon ami, qu'aujourd'hui tu me rends,
Je ne puis exprimer ce que pour toi je sens.
Prends ce cadeau, me dit une mère chérie;
Sers-t-en pour demander à l'auguste Marie
De te bien faire aimer et servir le Seigneur;
Cela te portera, je t'assure, bonheur.

La foule se regarde, elle reste muette;
Sur le président seul tous ses yeux elle jette.
Le héros, croyant voir sur tous les assistants
Une approbation de ces beaux sentiments :
Noble enfant, lui dit-il, quitte un moment ta place;
Au nom de l'assemblée, oui, viens que je t'embrasse.
L'écolier aimant Dieu, le servant comme toi,
Saura servir un jour sa patrie et son roi.

Tous claquèrent des mains, et dans ce moment même
Le nom de l'Eternel cause une joie extrême.

Mais quel est cet enfant qui les a tous surpris?
C'est celui qui dix fois a remporté des prix.

Le nouvel an et saint Antoine

A Monsieur le marquis et Madame la marquise de Cossé

C'en est fait pour mes yeux il n'est plus de lumière,
Mais il reste à mon cœur sa force tout entière;
Il peut donc répéter, sans nul frais de l'esprit,
Tout ce qu'aux nouveaux ans avec plaisir il dit :
Oui, sans cesse il estime, il respecte, il honore
Le mérite élevé, qui brillamment décore
Et la noble Amélie et son auguste époux.
La saint Antoine encor m'offre un motif bien doux
D'adresser tous mes veux au Dieu des destinées
Pour que leurs beaux enfants, pendant longues années,
Puissent sous tous rapports toujours les rendre heureux,
Et compensent ainsi l'amour qu'ils ont pour eux,
Et qu'enfin au malheur leur belle âme sensible
Reçoive d'un Dieu juste un bonheur indicible.
Près d'eux tous ne sont pas les heureux qu'ils ont faits:
Ils étendent bien loin leurs abondants bienfaits.
Que dire à mon égard de leur sollicitude?
Elle a mis en défaut toute ma gratitude,
Et dans mon embarras leurs actes généreux
Me rendent à la fois interdit et honteux.
Mes vieux ans, qui pis est, me donnent lieu de craindre
Que mes vrais sentiments ne pourront plus se peindre!
Mais, moins ma muse, hélas! va paraître à leurs yeux,
Plus leur cher souvenir me sera précieux.

Élégie

A Madame la vicomtesse Du Lau, née de Meyjounissas

Pleurez, nymphes de Dronne, à vos sœurs de Charente
Va passer de vos bords le plus bel ornement;
Hymen trace déjà la marche triomphante
De l'heureux qui fera ce douloureux moment.
C'en est fait, du destin les ordres inflexibles
Arrachent Léonie à vos justes soupirs.
Et dans ces lieux jadis si riants, si paisibles,
Vous ne reverrez plus l'âme de vos plaisirs.
Cette amabilité, qui faisait vos délices,
Cet esprit varié, qui charmait vos loisirs ;
Pour vous dès aujourd'hui sont les durs sacrifices
Qui viendront attrister de trop doux souvenirs.
Oui, dis-je, c'en est fait : tu pars, ô Léonie !
Emporte nos regrets, emporte tous nos vœux;
Qu'en des jours fortunés coule toute ta vie
Tandis que nous ici resterons malheureux.
Ah! plains-tu notre sort, ô trop chère voisine,
Quand l'amour satisfait va pour d'autres climats
Soustraire fièrement à l'amitié chagrine
L'éclat de tes vertus dont brillent tes appas !
Mais non; va, s'il le faut, au plus lointain rivage,
Nous saurons près de toi jouir de ton bonheur ;
Pourras-tu sous le ciel rencontrer une plage
Où ne soient aussitôt notre esprit, notre cœur.

Logogriphe sur Léonie

Fille tendre et soumise, en tout intéressante,
Comme ses bons parents ayant un noble cœur,
        Et leur franchise et leur candeur,
        Et l'on doit ajouter brillante
        D'attraits ornés par la pudeur.
        Telle est celle que je présente
        A la recherche, ami lecteur.
    Dans les six pieds, dont son nom se compose,
        Tu verras avant toute chose,
    Un royaume, à la fois sa première cité.
        Et maintenant je te propose
        Un animal des autres redouté
        Et par sa force et sa férocité.
        Pour te parler grammaire,
        Je t'offre deux conjonctions,
Un article, un adverbe, ainsi que trois pronoms;
        Même un quatrième peut se faire
Du mot qu'on voit souvent aux prépositions;
D'adverbe il sert aussi dans les occasions.
D'un roi cherche à présent la fille désolée
D'un hymen malheureux par un cruel époux,
Et qui, pour éviter son injuste courroux,
        Alla finir sa triste destinée
        Dans les flots de l'onde salée,
        Et fut changée en ce beau papillon
        Qui depuis lors porte son nom.
Cherche encore des Grecs une ancienne province,
        Ainsi que son habile prince
Qui fut mis en effet au nombre des savants,

Et proclamé le roi des vents.
Ici paraît le volatile
Qui sauva la célèbre ville
Qu'allaient surprendre les Gaulois ;
Ensuite cette plante utile
Qu'aime le Belge à cultiver par choix.
Naguère je la vis bien brouillée et fragile
S'arrondir sous de jolis doigts,
Mais s'y refuser bien des fois.
Ce n'était point, vas-tu dire, la plante ?
Non, si tu veux, lecteur : c'en était des produits
Qui d'une main moins patiente
Auraient fait vraiment les ennuis.
Ici ma voix reconnaissante
Dira que celle-ci fut assez complaisante
Pour m'en tourner, toujours calme et constante,
Deux et trois écheveaux gratuits.
Vient un objet de grand usage,
Il s'emploie à la ville, il s'emploie au hameau,
Et pour unir un mariage
Il prend la forme d'un anneau.
Vois à présent un endroit où l'oiseau
Peut seul aborder sans bateau,
A moins que par plaisir ou par quelque naufrage
On ne voulut tenter de l'atteindre à la nage.
Puis regarde au fond d'un tonneau
Ce qui pourra servir à l'apprêt du lainage
Dont on doit te faire un chapeau.
Tu pourrais bien encor trouver plus d'une ville,
Une rivière, et ce fleuve fameux
Par le sol que rendent fertile
Ses débordements limoneux,
Et par le salut merveilleux
D'un illustre chef des Hébreux.

Ce qui doit régler tout le monde,
Objet pour le législateur
D'une réflexion profonde,
Peut encore occuper ton œil observateur.
Après cela je te présente
L'organe auquel rien ne peut échapper
Des corps divers qui viennent le frapper.
Sur sa privation l'aveugle se lamente,
Surtout lorsqu'il se heurte ou qu'il vient à tomber.
Allons, lecteur, poursuivons notre marche,
Et tu vas voir le patriarche
Qui le premier a bu du vin,
Exempté de l'arrêt divin,
Pour se sauver il construisit une arche.
J'en ai trop dit ; tu l'as connu soudain.
Tu vas trouver aussi la solennelle fête
Que t'annoncent l'airain et de pieux accents
Pendant quelques jours précédents.
Mais il est temps que je m'arrête :
Je finis donc par le prophète
Qui né depuis plus de mille ans
Brave toujours la faulx des ans.

CARÊME DE 1854

A Madame de Meyjounissas des Granges

Il va paraître enfin l'agréable carême
Pour nos cœurs peu sévère, à votre cœur bien doux.
Pour bien plus grande part à votre joie extrême,

Ah! puissé-je, Madame, en jouir comme vous!

Vous pourrez contempler la belle Léonie,
Admirer dans ses traits la bonté, la candeur
D'une âme toujours pure et toujours attendrie
A l'aspect du souffrant que poursuit le malheur.

Hélas! mes pauvres yeux, privés de la lumière,
Ne pourront avec vous savourer ce plaisir!
Mais soyez satisfaite, ô digne et tendre mère,
De ces moments heureux jouissez à loisir.

De l'amour filial vous goûterez sans cesse
Ce que peuvent sentir vos deux nobles enfants
Pour un acte envers eux d'une rare tendresse
Qui n'a pas attendu le terme de vos ans.

Mais que dis-je! Non, non, la brillante fortune
N'enflamme point chez eux leurs justes sentiments ;
Sans songer à des biens d'une manière aucune,
Avant pour vous leurs cœurs n'étaient pas moins ardents.

O fortunés auteurs d'une famille chère,
De deux êtres heureux vous voyez le bonheur ;
De plus il vous arrive un moment bien prospère
Qui sera pour moi seul un sujet de douleur.
Oh! trop heureux encor si le ciel favorable,
Alors que je ne puis user de tous mes sens,
Me laissait plus souvent, pour faveur ineffable,
De la charmante nymphe entendre les accents!

Il m'en souvient toujours lorsqu'aux bords de la Dronne
Mon oreille écoutait ses sons harmonieux,
Des plaisirs qu'ici bas aux humains le ciel donne,
C'était alors pour moi le plus délicieux.

Quand, charmés d'embrasser la tendre Léonie,
Vous aurez, bons parents, goûté cette douceur,
Aussitôt dites-lui, dites-lui, je vous prie,
Qu'à l'aveugle pour elle il reste au moins un cœur.

A Monseigneur Georges Massonnais

ÉVÊQUE DE PÉRIGUEUX

Depuis longtemps toute pensive
Au choix de sons reconnaissants,
Prélat, une muse tardive
Vous offre enfin quelques accents.

Mais de quel air ma gratitude
Pourrait égaler vos bienfaits,
Bien que votre sollicitude
N'ait pu remplir tous mes souhaits ? (1)

Je ressentais toute la peine
Qu'en souffrait votre noble cœur ;
Je pouvais la croire certaine
Par tant de part à mon malheur.

Quoique, hélas! de votre houlette
L'infirmité m'ait affranchi,
Il reste en mon âme inquiète
Toujours le même amer souci :

---

(1) M. Dumas étant aveugle avait demandé la permission de dire
la messe de la sainte Vierge, qu'il savait par cœur. Mais l'évêque ne
crut pas, et avec raison, devoir répondre favorablement à ce pieux
désir, à cause des inconvénients graves qui auraient existé à l'égard
des saintes espèces.

C'est toujours mon insuffisance
A vous montrer ce que je sens,
Et de ma muse l'impuissance
A vous peindre mes sentiments.

N'ayant jamais connu la lyre
Qu'il faut pour les chants les plus beaux,
Comment pourrait-elle y suffire
Avec de faibles chalumeaux!

Je l'ai dit par un pentamètre,
Daignez agréer, bon prélat,
Les sons d'une muse champêtre
Qui vous peint mon cœur sans éclat.

ÉTRENNE DE PREMIER DE L'AN

A Madame et Messieurs de Meyjounissas

Comment qu'il soit que tu l'arranges,
Me suis-je dit, sentant tous les bienfaits des Granges,
Tu dois à l'auguste maison
Adresser une étrenne au moins de ta façon.
Que tes prétentions paraissent bien étranges
Aux favorites d'Apollon,
Qui de leur répertoire ont effacé ton nom!
N'importe, bien ou mal entonne des louanges;
Il te faut aujourd'hui rimer, ou jamais non.

Tu n'as plus, il est vrai, l'aimable Léonie,
Mais n'as-tu pas toujours l'excellente Emilie ?
L'une est à ses plaisirs, à ses jeux, à l'amour,
Et l'autre à tout moment arrive à ton secours.
Sans doute il te souvient que ta reconnaissance
Eut souvent à chanter sa noble bienveillance,
Et même encor pour toi son cœur ouvre sa main
Par celle de son bon et trop heureux Alain.
Peins-leur donc en ce jour ton respect, ton estime,
Et ce vif dévoûment qui sans cesse t'anime.
A l'œuvre à l'instant même, et fais tous tes efforts;
Ils ont droit l'un et l'autre à tes plus hauts transports.
N'oublie pas non plus ce généreux jeune homme
Qui voulut t'alléger le chemin de Brantôme :
De ses nobles parents c'est le digne portrait;
De tes sons mérités qu'il soit aussi l'objet.

   Quelle tâche pourtant ainsi je me propose !
Mon cœur reconnaissant volontiers s'y dispose,
Car l'embarras n'est point la bonne intention;
Mais j'ai pour le succès grande appréhension.
Tout soit dit, je commence.... O tourment ! ô martyre !
Je sens, je pense, cherche, et je ne sais rien dire !
De ma main chancelante est tombé le pinceau ;
A mes quatre-vingts ans les sœurs de Melpomène
Refusent sans pitié de leur eau d'Hippocrène
Et me laissent à sec tout mon pauvre cerveau.
Bon ! une idée vient soulager mon fardeau
Qui sous bien des rapports m'est d'ailleurs doux et beau.
Je puis donc maintenant et sans crainte et sans gêne
Faire à mes trois aimés un facile cadeau,
S'ils veulent l'accepter d'une muse peu saine
Qui, suivant du hasard une route incertaine,
A coup sûr leur présente un genre tout nouveau.
Or c'est bien là, je crois, leur offrir une étrenne.

15 AOUT 1863

A Sa Majesté Eugénie de Montijo

IMPÉRATRICE DES FRANÇAIS

Au plus beau jour de la divine mère
Et le plus grand de saint Napoléon,
De nos hameaux une ardente prière
S'élève au ciel pour le roi de ce nom.

Mais en priant, ô princesse chérie,
Pour votre illustre et magnanime époux,
C'est demander pour sa digne Eugénie
Des jours bien longs et toujours les plus doux.

Dans l'embarras causé par la distance
Nous ne pouvons lui présenter des fleurs ;
Mais de ce jour l'heureuse circonstance
Nous permettra de lui montrer nos cœurs.

Estime, amour, respectueux hommage,
Pour lui, pour vous ardemment animés,
Ces sentiments que n'ont-ils le langage
Dont ils voudraient pouvoir être exprimés !

Nous nous taisons sur la reconnaissance.
Comment payer le comble des bienfaits,
Lorsque Louis a choisi pour la France
En vous l'objet de tous les dons parfaits !

On sut bientôt qu'un ange bon, aimable,
Etait venu secourir le malheur ;
On sait encor que l'être misérable
A tous moments retrouve votre cœur.

O pleine joie ! oui, déjà l'on publie
Que nous allons enfin tous être heureux,
Que des Français, de Louis, d'Eugénie,
Le ciel propice a rempli tous les vœux.

Du Tout-Puissant la faveur infinie
Voudra veiller au tendre rejeton,
Et croître ainsi la brillante série
Des nobles, grands et bons Napoléon.

En ce beau jour quoi plus pouvoir vous dire,
Nous, ignorants, incultes villageois ?
Que pour vous deux dans un joyeux délire
Jouent ici musettes et hautbois.

Au très chéri souverain et naguère,
Nous avons dit tout aussi simplement
Que l'habitant de la pauvre chaumière
Aime bien fort et rend bien faiblement.

A Madame la vicomtesse Du Lau, née de Meyjounissas

Voilà déjà longtemps, ô belle Léonie,
Que ma muse pour vous est restée endormie ;

Peut-être avez-vous cru que mes quatre-vingts ans
Pouvaient avoir éteint chez moi tous sentiments,
Que je ne pensais plus aux rives de la Dronne
Depuis qu'a disparu la charmante personne
Qui jadis en effet en était l'ornement.
Détrompez-vous; j'y pense, hélas! mais tristement.
Eh! que faire de plus lorsque ma destinée
Est par mes yeux perdus la plus infortunée!
Oui, j'y pense, vous dis-je, et par les souvenirs
De nos cœurs affligés croissent les déplaisirs.
Où sont ces doux moments lorsque vous m'inspirâtes
Ces vers que pour Mitou d'abord vous désirâtes? (1)
Oh! quel empressement à me rendre à vos vœux!
Oh! qu'à vous obéir je me trouvais heureux!
Il ne sera donc plus pour nous ce temps aimable
Où tout auprès de vous nous était agréable.
Ah! nous n'entendrons plus ces sons harmonieux
Qui sous vos jolis doigts enchantaient ces beaux lieux;
Nous n'admirerons plus la belle Léonie,
Ses différents attraits et cette modestie
Que rehaussait si bien l'éclat de ses vertus.
O souhaits impuissants! ô regrets superflus!

    Trop estimable objet, nous vous aimons encore;
Sans cesse tout mon cœur vous chérit, vous honore.
Il peut donc répéter de voix et par écrit
Que vous êtes toujours présente à mon esprit.

---

(1) L'auteur veut parler ici d'une pièce de vers que Mlle de
Meyjounissas lui avait demandée sur la mort d'un chat.

Les vers qui vont suivre ne sont pas de M. Dumas. Je les ai trouvés dans ses papiers, écrits et signés de la main des auteurs eux-mêmes, et j'ai cru, en les plaçant ici, qu'ils pourraient plaire aux bienveillants lecteurs.

L'Usurier démasqué

POÈME

Par M. MIRCINI, baron DES ADRETS,

Traduit de l'italien par M. LORTAL, lieutenant de gendarmerie

Ridendo, dicere verum, quid vetat?
Rien n'empêche de dire la vérité en riant.
À Gênes, 1820.

Domine quis' habitabit in tabernaculo tuo,
Aut quis requiescet in monte sancto tuo?.........
...... Qui pecuniam suam non dedit ad usuram, et munera
Super innocentem non accepit.   Psal. 14, v. 1. 7.

Image naïve de l'infâme usurier,
Les délices de sa monstrueuse mère, l'avarice.

Ce monstre qu'enfanta Mégère
De l'accouplement de Cerbère,
Et que l'enfer a rejeté!....
Ce fléau de l'humanité,
Dont la double gueule béante
Exhale une vapeur brûlante
Qui marque qu'il est dévoré
D'une soif toujours dévorante...
De l'avarice est adoré.

Occupations journalières et désastreuses de l'Usurier

Les yeux fixés sur sa pendule,
Nuit et jour il compte, il calcule
Les minutes et les instants
A pouvoir nuire aux indigents.
A ses côtés la fourberie
Aiguise les traits accablants
Que décoche sa barbarie.
La faim, la soif, la nudité,
Compagnes de la pauvreté,
Les plus éclatantes ruines
Sont les fruits de sa dureté
Et de ses horribles rapines.
Sans cesse son cœur inhumain
Forme des complots homicides
Contre la veuve et l'orphelin.
Jamais il ne déploie en vain
Sur quelqu'un ses griffes avides.
Pâle, inquiet, sombre, chagrin,
S'il manque un seul jour de victime.
Des misérables qu'il opprime,
Les larmes, les gémissements
Sont ses plus doux amusements.
  Pour dompter sa rage infernale
Si Thémis s'arme quelquefois,
Hélas! son altière rivale,
La chicane, étouffant sa voix,
S'empare de l'urne fatale
Et fait valoir, malgré les lois
Dont elle obscurcit le dédale,

Du monstre les prétendus droits.
C'est ainsi qu'il vit, qu'il prospère
Et qu'il fait, à tous moments,
De son sein sortir des enfants
Encor plus cruels que leur père.

(LORTAL).

Nature! ô séduisante et sublime déesse,
Que tes traits sont divers! tu fais naître dans moi
Ou les plus doux transports, ou le plus saint effroi.
Tantôt dans nos vallons, jeune, fraîche, brillante,
Tu marches, et des plis de ta robe flottante
Secouant la rosée et versant les couleurs,
Ta main sème les fruits, la verdure et les fleurs.
Les rayons d'un beau jour naissent de ton sourire;
De ton souffle léger s'exhale le zéphire,
Et le doux bruit des eaux, le doux concert des bois
Sont les accents divers de ta brillante voix.
Tantôt dans les déserts, divinité terrible,
Sur des sommets glacés plaçant ton trône horrible,
Le front ceint de vieux pins s'entrechoquant dans l'air,
Des torrents écumeux battent les flancs; l'éclair
Sort de tes yeux; ta voix est la foudre qui gronde
Et du bruit des volcans épouvante le monde.

(DELILLE, homme de cha.)

FIN DES POÉSIES.

Voici un discours que je trouve aussi parmi les papiers de M. Dumas et qui réjouira le cœur de ceux qui le liront.

DISCOURS

POUR LE PREMIER DIMANCHE DE DÉCEMBRE 1812,

SECOND DE L'AVENT,

ANNIVERSAIRE DE L'AVÈNEMENT DE NAPOLÉON Ier AU TRONE IMPÉRIAL

DE FRANCE ET DE LA FAMEUSE BATAILLE D'AUSTERLITZ

Par M. l'abbé ESCLADINES, prêtre, recteur de Sainte-Radégonde de Roquepine.

Cantemus domino, gloriose enim Magnificatis est! Can. Moysi. V. 1.

Chantons des hymnes en l'honneur de notre Dieu, parce qu'il a fait miraculeusement éclater, de nos jours, sa grandeur et sa toute puissance !

Mes Frères en Jésus-Christ,

Nous célébrons, en ce jour, le glorieux avènement de Napoléon Ier au trône impérial de France, illustré par les grands et innombrables exploits de Sa Majesté impériale et royale.

Sa gloire efface la gloire de tous les héros qui l'ont précédé dans l'univers!.... les merveilles qu'il opère seront inimitables.

. .

Tous ses pas sont marqués par quelque bienfait, ou par quelque prodige de valeur.

. .

Semblable à l'astre du jour, qui n'a, de soi, que des rayons bienfaisants, et qui ne forme des foudres que quand la terre lui en fournit la matière, Napoléon le Grand continue et poursuivra toujours sa course bienfaisante et lumineuse, malgré les tourbillons, les orages et les tempêtes qui se forment et s'agitent au-dessous et autour de lui.

. .

Marathon, les Thermopiles, Arbelles, Cannes, seront effacés de la mémoire de nos neveux, quand l'histoire leur rappellera les hauts faits de Sa Majesté impériale et royale, à Marengo, à Austerlitz, à Iéna, à Friedlan, à Moskwa.

. .

L'hydre qui menaçait de ravager, de dévaster l'Europe et l'Asie, le Russe parjure, brutal, féroce, cruel, barbare, inhumain, est déjà tombé trois fois sous les coups redoublés de la terrible massue de ce nouvel Alcide!... il est, maintenant, sans espoir de se relever jamais.

. .

Prions l'Eternel, qui a suscité son oingt pour le bonheur et la tranquillité du genre humain. Que l'olivier, qu'il va planter, soit, longtemps, arrosé de ses mains triomphantes, et qu'il ne flétrisse jamais sous l'auguste lignée qui doit lui succéder.

⁖

N'oublions pas d'adresser nos vœux les plus ardents au Dieu des armées, pour qu'il continue de couvrir, de sa divine égide, et nos puissants alliés, et nos invincibles phalanges.

⁖

Livrons-nous à une sainte joie ; mais que la religion et la décence ne soient point blessées dans les délassements qu'il nous est permis de goûter, dans cet heureux jour à jamais mémorable !

⁖

Chantons donc des hymnes en l'honneur du Très-Haut, parce qu'il a fait, miraculeusement éclater de nos jours sa grandeur et sa toute-puissance !

⁖

Cantemus domino, gloriose enim magnificatus est! equum, et ascensorem dejecit in mare!

⁖

Te Deum laudamus, etc.

Le discours suivant, sur les effets de la décadence des mœurs sur la littérature française, est-il de M. Dumas? Je ne saurais le dire. Je le trouve en manuscrit dans ses œuvres, et je le donne dans la conviction qu'il sera accueilli avec bienveillance.

> *Multa renascentur quæ jam cecidère.*
> (Hor. Art. poet.)

Quels ont été les effets de la décadence des mœurs sur la littérature française ?

Telle est la question que je dois traiter aujourd'hui. Qu'il me soit permis, Messieurs, avant que de l'entreprendre, de faire éclater à vos yeux l'admiration dont me pénètre le noble zèle qui vous porte à accélérer le rétablissement des lettres, qui furent si longtemps négligées. Il est beau de voir des hommes déjà célèbres dans le monde littéraire consacrer leurs travaux à former des sujets qui puissent un jour à leur exemple mériter les suffrages de la postérité, et se rendre utiles à leurs concitoyens. Il est beau de vous voir ouvrir une nouvelle carrière, où de jeunes athlètes puissent disputer à vos yeux le prix destiné au vainqueur, et en recevoir de vos mains la couronne glorieuse. Mais en vain vous seriez-

vous efforcés de faire renaître des connaissances depuis
longtemps incultes parmi nous, si vous n'eussiez cherché
à connaître l'origine et la cause de leur chute. Vous
l'avez compris, Messieurs, et comme le cultivateur vigi-
lant, qui voit dépérir chaque jour sous ses yeux la plante,
unique objet de ses soins et de sa culture, cherche d'a-
bord à découvrir le ver rongeur qui l'attaque dans sa
racine, pour l'en délivrer et lui rendre ainsi sa première
vigueur, de même, vous avez découvert dans la décadence des mœurs celle de notre littérature ; vous avez
cru que c'était sur ce principe destructeur que devaient
tomber vos premiers coups, et c'est l'emploi glorieux
que vous offrez à notre émulation. Que ne puis-je seconder vos nobles efforts ! que ne puis-je énoncer dignement ce que je sens au fond de mon âme ! Pénétré des
sentiments qui vous animent, je peindrais en traits de
feu les ravages que la dépravation des mœurs a fait
éprouver aux lettres ; je vous montrerais d'abord les
changements déplorables qui les profanèrent, en les
faisant servir à la célébration des excès les plus monstrueux. Je déplorerais ensuite leur chute totale. Mes
paroles porteraient la persuasion dans le fond des cœurs,
et y ramèneraient cette émulation et ce désir de s'instruire
que l'on ne voit plus depuis longtemps parmi notre
jeunesse. Je pourrais me flatter alors d'avoir quelque
part à vos suffrages, et il me serait permis d'aspirer à la
couronne dont vous devez récompenser les talents. Mais
que puis-je espérer, Messieurs, n'apportant devant vous
qu'un cœur droit et aimant la vertu ? Entraîné par un
sujet choisi selon mon cœur, j'ai osé l'entreprendre sans
avoir, sans doute, assez consulté mes forces. Puisse
ce faible essai, Messieurs, s'il ne remplit la tâche que
vous nous avez imposée, me mériter au moins votre
estime.

PREMIÈRE PARTIE

Un auteur, plus célèbre par la pureté et l'élégance de sa diction, que par son goût pour la pudeur et la vérité, a voulu attribuer aux progrès des lettres la dépravation des mœurs où sont presque toujours tombés les peuples policés. Mais ne conviendrait-il pas plutôt d'attribuer à la dépravation des mœurs les désordres qui se sont toujours introduits parmi les lettres ? Je crois, Messieurs, que l'auteur du paradoxe que je viens de citer, est lui-même une preuve frappante de la proposition que j'ose avancer ici.

Depuis près d'un siècle, une foule d'ouvrages immoraux et impies ont inondé la France. L'éloquence profanée a dirigé ses efforts contre tout principe social ; elle a ébranlé l'autel et le trône, et exerçant une funeste influence sur les peuples, elle a répandu partout la corruption et l'impiété. Nos muses, qui dans leur origine se plaisaient à éterniser la vertu et à transmettre la mémoire des héros à la postérité, ont abjuré elles-mêmes cette antique pudeur qui faisait le plus beau de leurs charmes, et n'ont plus célébré que le crime, le libertinage et l'oubli des mœurs et de tout principe.

Où chercher la cause de ce changement déplorable ? Doit-on l'attribuer à un principe vicieux inséparable du progrès des lettres ? Mais si nous supposons que tous les peuples policés soient nécessairement corrompus, dès lors la seule condition qui puisse convenir à l'humanité, sera cet état de barbarie, où l'homme semblable à la brute, sans d'autres lois que ses volontés, d'autre règle

que ses désirs, et d'autre culte que celui de ses passions,
se livrera sans frein au mouvement de son cœur qui,
n'étant dirigé par aucun principe, le conduira infailli-
blement à l'erreur. Dès lors plus de propriété, plus
d'union, plus de société; dès lors la force sera la seule
loi; dès lors plus de frein contre la violence; dès lors
enfin l'humanité, dégradée, perdra bientôt les glorieuses
prérogatives que lui donnait sa noble origine. Nous ne
saurions donc admettre cette hypothèse, sans blesser
ouvertement tout principe moral; elle attaquerait en
second lieu la loi divine qui prescrit à tous les hommes
de cultiver les talents qu'ils ont reçu de la nature, pour
les faire servir à l'utilité de leurs semblables.

Les lettres, je le sais, peuvent servir à la corruption
des peuples, lorsque des écrivains pervers, les employant
à flatter les passions des hommes, les font servir à exal-
ter le vice et à décrier la vertu. Mais le seul but qui les
ait fait naître, et qui leur soit propre, est la recherche
de la vérité, le soutien des États et le bonheur des
peuples. Tout autre usage leur est étranger et les dégrade. Il ne faut donc pas attribuer aux lettres les désordres funestes qui les avilirent et causèrent leur ruine.

A quoi pourrons-nous les attribuer, Messieurs? A cette
affreuse immoralité, qui se répandit comme un torrent
sur la France, qui entraîna toutes les conditions, tous
les états, toutes les sectes, qui si longtemps exerça sur
nous ses ravages affreux, et nous plongea dans l'état
funeste dont nous ressentons encore les tristes effets.
Mais quelle cause put produire cette licence effrénée,
cet oubli de tout principe, cet affreux libertinage qui
infecta la France entière?

Osons le dire ici, Messieurs....., car ces temps malheureux sont passés où l'athéisme était une vertu, où
l'homme méconnaissait l'auteur de son être, et n'attri-

buait qu'au hasard les événements qui décidaient du sort
des mortels. Un monarque pieux et conquérant, qui fait
fuir devant lui les puissances de la terre, et dont le
nom seul fait trembler les rois, ne craint pas de courber
humblement sa tête en présence du souverain arbitre
de nos destinées; il apporte chaque jour dans son temple, que sa main victorieuse a relevé de ses ruines, les
nombreux lauriers qu'il moissonne sans cesse, et nous
apprend ainsi à tout rapporter à l'Etre suprême. Je
n'hésiterai donc pas à le dire ici, c'est l'oubli de la
divinité et l'abandon de son culte qui firent éclore
cette foule d'ouvrages corrupteurs, qui pendant un si
grand nombre d'années souillèrent notre littérature.

L'homme, naturellement corrompu, a besoin d'un
frein qui le retienne et résiste à ses propres penchants;
si rien ne s'oppose aux déréglements de son cœur, il se
livre sans contrainte aux excès qu'il lui suggère, et le
cours de sa vie n'est plus qu'un tissu de désordres et
d'erreurs; et quelle autre digue pourrait-il opposer au
torrent de ses passions, que l'humble hommage qu'il
fait à l'auteur de son être, de sa soumission et de son
néant, et la crainte d'un avenir ou à jamais fortuné ou
éternellement malheureux ! Cette vérité peut seule
l'attacher à la vertu, et, s'il ose en douter un moment,
il ne rencontre plus d'obstacles à ses désordres, et bor-
nant toutes ses destinées à la courte durée de sa vie présente, il veut du moins jouir sans réserve de tous les
plaisirs qu'elle paraît lui offrir. Tel est l'affreux système
qui corrompit toute la France, qui infecta tous les écrits
de nos philosophes, et perdit enfin notre littérature.

Nos lettres avaient atteint leur plus haut degré de
perfection : un prince semblable à Auguste, amateur des
beaux arts, protecteur des lettres et habile à encourager
les talents, avait attiré dans cette superbe ville, que je

pourrais presque appeler la capitale du monde, tout ce
que l'Europe renfermait d'artistes accomplis et d'esprits
sublimes. La France était devenue l'unique objet de
l'admiration des peuples. L'étranger accourait de toutes
parts, et contemplait avec étonnement cette pompe
majestueuse qui éclatait dans les moindres objets. Il
voyait dans les Français un peuple heureux et tranquille, gouverné par un sage monarque, et défendu
par des capitaines pieux et expérimentés. Le palais de
la justice n'offrait à ses yeux que d'augustes magistrats
et d'habiles orateurs dont tous les moments étaient
consacrés à faire régner dans cet empire le maintien
des lois, l'ordre et l'équité, et qui concouraient ensemble
à soutenir les droits de tous les citoyens opprimés. Le
cabinet était dirigé par de profonds politiques. Partout
régnait cette parfaite harmonie, qui seule fait le soutien
des états. La poésie prêtait à la vertu tous ses charmes,
et conservait encore cette aimable pudeur qui fit toujours accorder à nos muses le prix du goût et de la
délicatesse. L'histoire ne parlait que le langage de la
vérité, et l'éloquence n'était point encore souillée par
les traits affreux du libertinage et de l'impiété ; sa voix
mâle et touchante pénétrait les cœurs, entraînait les
rois, et faisait triompher la vertu. Les héros qui nais-
saient en foule dans ce siècle fortuné trouvaient dans
son organe les éloges que méritaient leurs exploits, et
elle les assurait d'avance de l'immortalité.

Alors, sublime génie, immortel Bourdaloue ! dans cette
chaire de vérité où tu te plaisais à la faire régner parmi
les peuples, ta voix, comme un tonnerre, épouvantait le
crime, instruisait tes nombreux auditeurs et apprenait
aux nations que les lettres ne servent pas toujours à les
corrompre.

Mais quel contraste effrayant vient tout à coup obscur-

cir ces riantes images! Nous perdons le plus grand de
nos rois. Aussitôt le gouvernement faiblit, la corruption
et l'impiété rompent leurs digues, se répandent sur la
France entière, et entraînent tout dans leur course
rapide, semblables à ces orages dévastateurs formés dans
les belles matinées d'un printemps délicieux, qui, retenus
depuis longtemps dans le nuage, succombent au premier
vent et renversent tous les obstacles que l'on oppose à
leurs efforts.

Ici, Messieurs, commence le règne de cette secte
d'hommes impies et dépravés qui, sous le nom de philosophes, détruisirent les maximes de la saine philosophie
et entreprirent d'étouffer dans les cœurs tout sentiment
de morale et de pudeur, de ces hommes livrés aux plus
horribles excès, qui, accoutumés de vivre dans les dé-
bauches les plus monstrueuses, eurent bientôt perdu la
France et infecté notre littérature.

Quelque grands que soient les dérèglements des hommes, ils cherchent toujours à leur donner des couleurs
favorables qui puissent faire illusion à leurs semblables.
Ainsi l'homme de lettres corrompu, se livrant sans cesse
aux plus horribles excès, s'efforce de les décorer par
des noms pompeux qui en imposent au public et lui épar-
gnent au moins une partie de la honte que le vice
entraîne toujours après lui. C'est ainsi qu'il ne craint
pas de donner au libertinage et à la débauche le nom
de tendres sentiments; le crime, il l'appelle vertu. Il
dépeint l'impiété sous les noms de grandeur d'âme et
de force d'esprit. Le mépris des lois est selon lui une
noble indépendance. Il nomme enfin l'oubli de toutes
les bienséances et des préjugés, le dernier effort de la
sublime philosophie.

Tels étaient les détours de cette secte impie et dépravée
qui se forma dans le xviiie siècle, qui en un instant

attira cette foule innombrable de disciples qui causèrent bientôt la ruine de cet empire.

Ces hommes, d'un esprit vaste et entreprenant, mais sans mœurs et sans principe, ennemis de tout ce qui condamnait leurs maximes, habiles à répandre l'illusion du sophisme, formant sans cesse des difficultés sans jamais les résoudre, ne cherchant qu'à obscurcir la lumière et confondant la vérité et le mensonge sous des couleurs semblables afin que l'intelligence humaine ne pût les discerner et tombât plus sûrement dans le piége, commencèrent à introduire partout le poison du libertinage et de la débauche.

De là cette foule d'ouvrages corrupteurs qui portèrent la dépravation dans le cœur des peuples, et jetèrent la semence du désordre qui fit en peu de temps de si rapides progrès. Bientôt les lettres, abandonnant leurs fonctions primitives, s'efforcèrent de prouver à l'humanité que le bonheur consiste à se livrer sans frein à ses passions, que nous n'avons été formés que pour les plaisirs, que nos penchants et les affections de nos cœurs doivent être les seules règles de nos actions, et que la durée de notre existence est si courte, que nous devons saisir avec empressement les rapides jouissances qu'elle nous offre. Telles étaient les maximes que ces moteurs d'une philosophie nouvelle répandaient dans tous leurs écrits. On ne vit bientôt que des descriptions dangereuses du plaisir : la poésie, l'éloquence, l'histoire, la littérature enfin, tout n'offrit plus aux yeux des peuples que de ces images séduisantes où le crime, déguisé sous les traits de l'innocence et présenté avec art sous une forme agréable, se glisse insensiblement dans les cœurs et y exerce ses ravages.

Mais il était une digue qui semblait devoir arrêter dans sa course ce torrent dévastateur; la crainte d'un

Dieu qui punit le crime et protége la vertu, profondément gravée dans le cœur de l'homme, s'opposait encore
aux progrès de la corruption. C'est contre la divinité, se
dirent à eux-mêmes ces philosophes insensés, que nous
devons diriger nos efforts. Abolissons son culte, ren-
versons ses autels, et déclamons hautement contre l'existence de son être. Aussitôt la voix de l'impie se fait
entendre ; elle traverse la France d'un vol rapide et
pénètre bientôt dans les cœurs. On n'entend plus que
d'horribles blasphèmes, et les lettres servent encore à
prouver aux mortels par tous les prestiges du sophisme
et de l'illusion, qu'il n'appartient qu'aux esprits pusil-
lanimes de redouter un Être suprême qui n'existe que
dans les fictions qui l'ont fait naître ; que ce n'est qu'un
vain fantôme qu'on leur oppose pour enchaîner leur
raison, et qu'ils sont enfin les seuls arbitres de leurs
destinées.

Ainsi, art sublime d'entraîner les cœurs, séduisante
éloquence, soutien de la vérité ! Toi, dont les nobles
fonctions étaient d'instruire les peuples et de t'opposer
aux passions des hommes, tu ne seras donc plus désormais que l'organe du mensonge, de l'impiété et de l'erreur ! Ta voix corrompue ne se plaît déjà qu'à propager
le désordre ; tu n'es plus qu'un écueil dangereux où
viendra se livrer sans cesse la faible raison d'une jeunesse facile qui te suivra dans le précipice où tu seras
toi-même bientôt engloutie.

Mais les lois établies pour maintenir le règne de la
pudeur et de la vertu, laisseront-elles triompher le libertinage et l'impiété ? Ont-elles perdu leur vigueur ? Et
ceux qui tiennent en leurs mains les destinées de cet
empire, le verront-ils pencher vers sa ruine sans faire
un effort pour le soutenir ? Ah ! la corruption s'est répandue jusque sur le trône. Elle a subjugué les rois, et les

puissances de la terre ont arboré elles-mêmes l'étendard
du crime et de l'erreur! Déjà tout est confondu : la
licence a ébranlé les fondements du culte; l'impiété
s'est emportée contre l'innocence et la pudeur. Les lois
sont demeurées sans force, et le crime, ne trouvant plus
d'obstacles, n'a plus mis de bornes à ses ravages.

Qui ne le sait, Messieurs ! L'homme par sa nature est
toujours porté au plaisir ; il aime tout ce qui lui en
retrace l'image. Il saisit avec avidité ces peintures vives
et agréables qui viennent exciter les mouvements secrets
de son cœur. Ses penchants, retenus par une éducation
cultivée, n'avaient d'abord osé se montrer au dehors.
On lui avait appris que le partisan de la vertu peut seul
aspirer à l'estime de ses semblables, que la débauche
avilit l'homme, et qu'il est un Être suprême qui punit
le crime et protège l'innocence. Pénétré de ces vérités,
il avait cherché à étouffer dans son cœur le germe de
dépravation qui s'y était formé. Mais lorsqu'il a vu la
corruption et l'impiété se répandre autour de lui, s'asseoir sur le trône, entrer dans les palais des grands,
pervertir les peuples et insulter avec dédain aux timides
zélateurs de la vertu; lorsque le libertinage et l'oubli de
tout principe ont été des titres pour parvenir aux honneurs; lorsqu'il a vu enfin cette foule d'ouvrages corrompus, où les plus horribles maximes osaient se montrer
au grand jour, où l'on apprenait aux hommes à secouer
le joug de toute autorité légitime, à suivre aveuglement
leurs penchants déréglés et à supprimer l'hommage
qu'ils doivent à la divinité; alors donnant un libre cours
à ses passions, il s'est jeté sans crainte dans le torrent
de corruption qui commençait à ravager la France, et
s'est efforcé de produire à son tour de ces chefs-d'œuvres de libertinage et d'impiété qui avaient si fort illustré
leurs auteurs.

Tel est le tableau fidèle des désordres arrivés parmi nous; la licence avait corrompu cet empire, et je pourrais presque dire l'Europe entière. La secte philosophique que la dépravation avait fait naître, étendait chaque jour ses ravages; elle soufflait dans tous les cœurs le germe de corruption et d'impiété qui devait bientôt bouleverser la France. Le gouvernement, trop faible, ne s'opposait plus à ces excès; ses chefs eux-mêmes se précipitaient en foule dans l'abîme; le blasphème et l'oubli des mœurs et des préjugés étaient les seuls titres qui ouvrissent l'entrée de cette compagnie jadis si célèbre chez les amateurs des lettres. Tout était confondu. Les grands de la terre, sans craindre de s'avilir, se familiarisaient avec les corrupteurs des peuples et les encourageaient ainsi à redoubler leurs efforts pour accélérer le règne du libertinage. Les rois eux-mêmes, écartant loin d'eux cet auguste appareil qui les fait respecter des peuples, et rend leur personne sacrée, se confondaient avec leurs sujets, attiraient auprès d'eux les plus décriés d'entre les hommes, s'honoraient du titre de philosophes, et sonnaient eux-mêmes la trompette de révolte qui devait soulever les peuples et renverser leur puissance. Les philosophes, enhardis par leurs rapides succès, ne mettaient plus de bornes à leur licence effrénée, et tournant leurs armes contre leurs aveugles protecteurs, on les voyait se déchaîner hautement contre le trône, publier dans leurs écrits que tous les humains naissent égaux, qu'il n'est point de rang pour l'homme vertueux, que nous naissons pour la liberté, et que cette chaîne de distance qui forme les liens de la société, et cette obéissance continuelle qu'exigent de nous les monarques et ceux qui gouvernent, n'est qu'un dur esclavage pour lequel les hommes n'ont pas été formés. Ainsi, après avoir fait servir les lettres au renversement de tout principe de

9

morale et de pudeur, après les avoir dirigées contre les fondements du culte, cette secte impie voulut qu'elles devinssent encore l'instrument de la ruine des empires. Nous avons vu, Messieurs, les terribles effets qu'ont opérés ces funestes complots.

Puissances de la terre! facilitez le progrès des lettres, encouragez ceux qui les cultivent, soyez les protecteurs des muses, que votre appui développe le génie ; mais gardez-vous de sourire au libertinage et à l'impiété; que l'homme corrompu n'ose se montrer à vos yeux; que ses productions dangereuses se cachent devant vous. Réprimez la licence; et qu'un grand exemple vous fasse comprendre jusqu'où peuvent se porter des esprits qui ont secoué le joug d'une autorité légitime.

Nous venons de voir, Messieurs, les désordres qui s'étaient introduits parmi nos lettres; elles ne servaient plus qu'à corrompre nos mœurs et à nous inspirer le mépris des lois, la licence et l'oubli de la divinité. Notre poésie ne renfermait que des images obscènes. On ne voyait que des romans dont le titre seul alarmait la pudeur. Les ministres de nos autels étaient exposés eux-mêmes à la risée publique sur ces théâtres séducteurs où allait chaque jour se perdre tout un peuple. Le mensonge et l'erreur étendaient avec rapidité leurs ravages. Les philosophes triomphaient enfin.

Il est aisé de comprendre, Messieurs, que le désordre monté à son comble devait opérer bientôt une révolution dans nos lettres; elle vint en effet, et leur chute suivit de près les excès monstrueux qui les corrompirent.

SECONDE PARTIE.

C'est une vérité généralement reconnue que, partout où l'on a vu fleurir les lettres, on a remarqué qu'à peine elles étaient parvenues à leur plus haut degré de gloire et de splendeur, elles perdaient bientôt de leur éclat, et que leur décadence était suivie d'une ruine totale, à moins qu'il ne se rencontrât un de ces hommes immortels, donnés à l'univers pour tout produire et tout recréer, qui vint les relever de leur chute et leur donner en quelque sorte une nouvelle vie.

Je pourrais me borner ici, Messieurs, à déplorer avec vous la condition des choses humaines, dont le sort est de dégénérer aussitôt qu'elles ont acquis la perfection dont elles sont susceptibles. Mais je ne remplirais pas vos vues, et je ne dois pas oublier qu'indépendamment des causes générales qui produisent la décadence des lettres, il en est parmi nous de particulières que je tâcherai d'indiquer, après avoir jeté un coup d'œil rapide sur l'origine des belles-lettres, et sur l'usage qu'en firent ceux qui, les premiers, surent les cultiver.

Si nous remontons aux premiers âges de la poésie, nous verrons, s'il est permis de parler ainsi, qu'elle fut enfantée par la reconnaissance des hommes envers la divinité. Chez les nations adonnées aux cultes les plus insensés comme chez les adorateurs du vrai Dieu, il est facile d'apercevoir que sa première fonction fut de présenter à l'Être suprême l'hommage des mortels. Ses chants sublimes honorèrent ensuite ceux d'entre les hommes qui surent se distinguer par des actions héroïques, ou par des institutions salutaires, ou par la pra-

ique de la vertu; il n'y eut pas jusques à ses fictions
même qui, par un prestige enchanteur, n'offrissent à
l'humanité les meilleures leçons à suivre, et les plus
parfaits modèles à imiter.

Avec moins d'éclat peut-être, mais par une voix plus
exacte et plus instructive, l'histoire nous donna les
mêmes préceptes et retraça les mêmes événements.
Après avoir gravé sur le marbre et sur l'airain les actions
mémorables qui devaient servir de règle à la postérité
la plus reculée, son burin fidèle apprit aux rois ce qu'ils
devaient à leurs peuples, et aux peuples ce qu'ils
devaient à leurs rois. Toujours simple dans sa marche,
et ne cueillant, pour ainsi dire, ses plus beaux ornements que dans le langage de la vérité, l'histoire n'eut
besoin pour atteindre à cette majesté, qui lui est propre,
ni des images de la poésie, ni du riche appareil de l'éloquence.

Enfin celle-ci dans son berceau ne fut destinée qu'à
rendre les hommes meilleurs en leur remettant sans
cesse sous les yeux les rapports qui existent entre eux et
la divinité, et à leur inspirer cette élévation d'âme qui
convient si fort à la noblesse de leur origine.

Que de grandeur environne l'homme de lettres, envi-
sagé sous ces nobles rapports! il sort, pour ainsi dire, du
rang de ses semblables, et, s'élevant au-dessus de l'humanité, il se rend maître des passions des hommes.
Tout éprouve son influence. Il dirige les nations, il
entraîne les cœurs, et le règne de la vertu devient son
glorieux ouvrage. Alors ses paroles se ressentent de la
noblesse de ses fonctions. Toutes ses idées portent une
empreinte de grandeur. Il s'élève au-dessus de lui-
même. Il nous transporte, pour ainsi dire, dans les
régions célestes, et conserve partout cette sublime dignité
qui convient si fort au langage de la vérité et de la vertu.

Tel est l'homme de lettres occupé du bonheur et de l'instruction des peuples. Quel contraste, Messieurs, lorsqu'oubliant ces fonctions sublimes, il devient l'organe du vice et l'ennemi de la pudeur! il ne retrouve plus son ancienne énergie, ses expressions faiblissent, ses paroles se ressentent de la bassesse des objets qu'elles expriment. Il fait perdre à la poésie toute sa dignité. Ses chants, qu'il consacre à des sujets indignes d'elle, en prennent insensiblement le caractère. Elle dépérit, comme une tendre fleur arrachée d'un terrain fertile et transportée tout d'un coup dans une terre impure et aride.

L'histoire, dépouillée de ce caractère de vérité qui doit être sa qualité principale, puisque son but est d'instruire les peuples par des exemples fidèles puisés dans les actions des hommes, et non dans les vaines fictions de quelques écrivains corrompus qui ne cherchent qu'à les séduire, n'est plus qu'un roman insipide, et perd bientôt cet air imposant que la vérité entraîne toujours après elle.

L'éloquence enfin, lorsqu'elle cherche à nous corrompre, emprunte le secours du sophisme et de l'illusion. Abandonnée à l'erreur, elle ne peut se soutenir. En vain veut-elle lutter contre la vérité; elle ne peut soutenir son éclat, et de crainte de laisser découvrir sa faiblesse, elle se perd sans cesse dans les nues; elle ne produit que de fausses maximes; tous ses principes sont vicieux; elle enfle toutes les expressions; et, comme ces oiseaux que l'on a privés de la lumière, elle monte d'un trait jusqu'aux astres, et retombe bientôt au fond de l'abîme.

Tel est le premier motif de la décadence des lettres chez les peuples corrompus. Il en est un second, puisé dans les effets mêmes de la corruption des mœurs sur l'esprit de la jeunesse.

En effet, pourrait-on croire qu'un jeune voluptueux, toujours plongé dans la débauche, puisse, du milieu même des excès auxquels il s'adonne sans cesse, s'occuper avec fruit du soin d'acquérir des connaissances utiles et de la culture des lettres? Non, non; l'esprit de l'homme ne saurait embrasser deux objets à la fois. La science ne fut jamais compagne des plaisirs. L'étude ne souffre point de partage. Notre vie lui suffit à peine, et elle n'ouvre ses trésors qu'à ceux qui les lui arrachent, pour ainsi dire.

S'en suivrait-il de là que les lettres fussent entièrement négligées chez une nation corrompue? Non, Messieurs; et c'est encore un des fléaux les plus à craindre pour la littérature. L'homme, toujours ambitieux, n'oserait se dévouer à une nullité totale; il craindrait de se voir exposé au mépris, qui est le partage ordinaire de l'ignorance; et s'arrachant à ses plaisirs, il consacre quelques moments rapides à la culture de son esprit; il effleure en peu de temps toutes les connaissances, et quelques saillies qui lui échappent, quelques faibles productions qu'il doit le plus souvent à une mémoire heureuse, viennent enfler sa présomption naturelle; il se croit bientôt du nombre de ces génies immortels, qui, par leur génie illustrèrent leur siècle; et s'efforce de se faire connaître à son tour par des ouvrages qu'il puisse transmettre comme eux à la postérité. Je sais qu'au milieu même de la décadence des lettres, il est toujours quelques esprits supérieurs qui échappent à l'ignorance générale, et dont les écrits se ressentent encore du goût et de la délicatesse qui avaient distingué leurs prédécesseurs. Et c'est le plus souvent un nouvel écueil pour la présomption et l'ignorance; car là plupart de ces hommes cherchent à s'accommoder eux-mêmes au goût dépravé de leur siècle, et sacrifiant ainsi la vérité et la pudeur

au succès de leurs ouvrages, y introduisent partout ce
caractère de corruption et de mensonge qui règne autour
d'eux, et entretiennent ainsi le désordre en lui donnant
des couleurs plus agréables. En vain voit-on encore quelques orateurs vertueux se déchaîner hautement contre
la licence, et faire' tous leurs efforts pour ramener la
vertu dans les cœurs. Vous le savez, Messieurs, lorsque
le bien et le mal, les bonnes et les mauvaises mœurs se
trouvent ensemble confondus, l'homme obligé de faire'
un choix, prend pour l'ordinaire le parti de l'erreur qui
flatte ses penchants, et abandonne la vertu dont l'austé-
rité l'épouvante. La jeunesse, prenant donc pour guide
ces modèles de corruption, s'efforce de marcher sur leurs
traces, n'ayant de ses maîtres que les principes dépravés,
sans en avoir le génie. De là, cette foule de productions
obscures dont la licence fait tout le mérite. De là ces
romans insipides qui inondent les sociétés. De là enfin
*ce jargon scientifique plus méprisable que la profonde
ignorance,* et qui depuis si longtemps est devenu notre
langage ordinaire.

Tel est, Messieurs, le tableau des désordres qui per-
dirent notre littérature; la corruption répandue sur la
France infectait tous les esprits. Nous ne nous occupions
que faiblement de la culture des lettres. Tout éprouvait
déjà l'influence du libertinage et de l'impiété. On ne
voyait plus que des productions frivoles; l'esprit et le
goût s'étaient enfui loin de nous; notre poésie était
dépouillée de son ancien éclat; et s'il était encore parmi
nous quelques écrivains célèbres, les principes philo-
sophiques, répandus dans tous leurs écrits, en faisaient les fléaux et non les soutiens de notre littérature.
Nos lettres enfin penchaient vers leur ruine, et tout
annonçait l'explosion terrible qui semblait devoir les
anéantir à jamais.

Cependant la licence, le libertinage et l'impiété ont fait leur dernier effort. Déjà le trône succombe ; l'autel est ébranlé ; tout se confond ; la France se couvre de nuages épais ; notre horizon s'obscurcit et nos lettres s'ensevelissent elles-mêmes sous les ruines qui fondent de toutes parts.

Que ne puis-je, Messieurs, sortant du cercle étroit où me renferme mon sujet, écarter le voile qui nous dérobe les horreurs qui viennent de bouleverser cet empire, et vous découvrir l'abîme où la dépravation des mœurs, aidée du secours des lettres, peuvent plonger un peuple léger et facile qui se laisse conduire par des hommes impies et dépravés ! Je vous montrerais la France en guerre contre elle-même, le sang ruisselant de tous côtés, le carnage et la mort exerçant ses affreux ravages, le trône réduit en poudre, l'autel brisé par les impies. J'évoquerais les mânes de ces illustres infortunés, que vous vîtes périr au milieu de vous ; ma voix ranimerait leurs cendres froides, leur âme se rejoindrait à leurs dépouilles mortelles, et sortant du tombeau, ils s'écrieraient en voyant les désastres effrayants qui comblèrent notre ruine : « Est-ce donc là cette nation superbe qui faisait « jadis l'admiration de l'univers ! Eh ! que sont devenus « les beaux jours de sa gloire et de sa grandeur ! Où l'a « donc réduite le règne du libertinage et de l'impiété ! « Quel fruit a-t-elle retiré des discours effrénés de ses « philosophes ! Que sont devenues leurs promesses « trompeuses ! Qu'est devenue la France elle-même ! « Français infortunés, vous qui versâtes si souvent des « pleurs sur les désastres qui nous accablèrent, vous « qui déplorâtes nos malheurs, ah ! cessez de gémir sur « nos destinées. Notre sort doit désormais vous paraître « digne d'envie. Pleurez vos malheurs, pleurez sur vous-« mêmes. Nous reposons en paix dans le séjour du

« trépas, et vous restez exposés aux fureurs de l'orage.
« La mort vous presse de toutes parts ; ce ne sont plus
« des hommes qui vous gouvernent; vous ne serez bien-
« tôt qu'un peuple barbare; vos lettres ont fui loin de
« vous; vos beaux jours sont passés. Ah! Français, si,
« échappés un jour aux horreurs qui vous environnent,
« vous pouvez voir renaître encore le calme parmi vous;
« s'il vous est réservé de voir un avenir plus heureux,
« que les philosophes corrupteurs et impies, qui vous
« pervertirent, ne trouvent chez vous un asile; rejetez
« leurs productions dangereuses, rendez à vos lettres
« leur ancienne pureté, et renoncez à des désordres
« qui pourraient encore vous devenir funestes. »

Mais est-il besoin de recourir à des fictions pour vous
rappeler des malheurs que les siècles à venir ne pourront dérober à la postérité la plus reculée ? Ah! les
calamités qui nous affligèrent ont laissé dans nos cœurs
de trop profondes racines pour qu'elles puissent jamais être
effacées de notre esprit. Vous comprenez, Messieurs, que
dans ces temps de troubles et d'horreurs, où les discussions
civiles éclataient de toutes parts, où le citoyen vertueux
craignait à chaque instant pour ses jours, où le crime et
l'audace tenaient lieu de savoir pour parvenir aux premières dignités, où tout enfin se décidait par la violence,
l'on ne put guère s'adonner à la culture des muses et
des lettres. Aussi furent-elles entièrement abandonnées.
Ces antiques maisons qui leur servaient d'asile s'écrou-
lèrent et les firent disparaître sous leurs ruines. Elles
s'anéantirent : la France était enfin perdue si nous n'eus-
sions rencontré le libérateur immortel que les destinées
avaient choisi pour régénérer cet empire.

Telle est donc l'effrayante image des désordres arrivés
parmi nous! Tels sont les effets de la *sublime philosophie!* ou plutôt tel est l'ouvrage de l'homme corrompu

qui n'a pas craint d'abandonner l'auteur de son être. Le
libertinage, l'impiété, l'oubli des lois, ont été ses seules
vertus; il a osé publier ses forfaits; il s'est vanté publi-
quement de ses désordres et de ses crimes; ses talents
sont devenus un fléau pour la vertu; son souffle empesté
a répandu la corruption dans nos lettres, il les a fait
servir à ses fins; il a perverti son siècle, les lettres n'ont
pu résister à ses efforts, elles ont penché vers leur ruine,
elles ont succombé.

Voilà, Messieurs, les effets de la corruption des mœurs
sur notre littérature. L'on eût dit que notre siècle était
réservé à une éternelle ignorance, que le flambeau des
lumières avait cessé de luire pour toujours, et que nous
allions retomber dans la barbarie des premiers âges.
Mais l'Être suprême n'avait pas encore abandonné cet
empire; le temps de ses vengeances était écoulé, bientôt il regarde la France d'un œil favorable, et conduit
au milieu d'elle le jeune héros qui fixe à jamais ses
destinées. Aussitôt la mort suspend ses ravages; le calme
renaît; le temple et l'autel sortent de leurs ruines; les
lettres refleurissent avec un nouvel éclat. Le trône se
relève, paraît à nos yeux environné d'une splendeur
nouvelle et plus majestueux qu'il ne fut jamais, et le
génie tutélaire de la France n'y monte que pour assurer
sa gloire et son bonheur.

Par la faveur de ce prince magnanime, vous allez,
Messieurs, renouveler les jeux de nos anciens trouba-
dours. A l'ombre de son appui, vous présiderez désormais sans trouble à ces paisibles combats, provoqués par
l'émulation et soutenus par le génie. Vous décernerez
le prix au vainqueur; et il vous sera permis de satisfaire à votre penchant généreux, et de vous occuper
avec succès de former pour la postérité de dignes héri-
tiers de vos talents. Que tous nos chants, Messieurs,

expriment la reconnaissance que nous inspire un aussi auguste bienfaiteur. Consacrons-lui les prémices de son ouvrage. Ainsi l'arbre fertile, que l'orage allait arracher de la terre qui l'avait fait naître, épanche abondamment ses fruits dans la main secourable qui, lui prêtant un salutaire appui, l'a soutenu au moment de sa chute et l'a empêché de succomber!

FIN.

TABLE DES MATIÈRES

Angoulême. — Nouv. Imp. QUÉLIN frères, rue du Minage, 20.

www.ingramcontent.com/pod-product-compliance
Lightning Source LLC
Chambersburg PA
CBHW051829020726
47502CB00005B/1697